若尔盖支医手记

聆听草原的

山惠明 著

浙江工商大学出版社
ZHEJIANG GONGSHANG UNIVERSITY PRESS

·杭州·

图书在版编目(CIP)数据

聆听草原的呼吸：若尔盖支医手记 / 山惠明著 . —
杭州：浙江工商大学出版社，2022.5
ISBN 978-7-5178-4889-9

Ⅰ . ①聆… Ⅱ . ①山… Ⅲ . ①散文集－中国－当代
Ⅳ . ① I267

中国版本图书馆 CIP 数据核字 (2022) 第 060838 号

聆听草原的呼吸——若尔盖支医手记
LINGTING CAOYUAN DE HUXI——RUOERGAI ZHIYI SHOUJI
山惠明 著

责任编辑	吴岳婷
责任校对	何小玲
封面设计	东印广告
责任印制	包建辉
出版发行	浙江工商大学出版社
	（杭州市教工路 198 号　邮政编码 310012）
	（E-mail：zjgsupress@163.com）
	（网址：http://www.zjgsupress.com）
	电话：0571-88904980，88831806（传真）
排　版	杭州朝曦图文设计有限公司
印　刷	杭州高腾印务有限公司
开　本	880mm × 1230mm　1/32
印　张	5.625
字　数	103 千
版印次	2022 年 5 月第 1 版　2022 年 5 月第 1 次印刷
书　号	ISBN 978-7-5178-4889-9
定　价	49.00 元

目 录

一、报名援川

初次接到要对口支援若尔盖的文件时正值盛夏，我正在忙征兵体检工作。嘉兴市秀洲区王店镇下辖的二十二个行政村和六个社区中，参加本次征兵体检的青年有四百多人。夏天恰恰又是医疗工作最繁忙的时候，医院人手十分紧张。我在酷暑天气挥汗如雨，上下跑动、里外协调，工作之余看见相关文件，顿生一种兴奋之情。

以前，对口支援都是市级医院在做。我们嘉兴市主要是对口支援新疆阿克苏地区的沙雅县，每两年从全市的市级医院选调一次高年资的医务人员去援疆，要求推荐德才兼备的同志，努力做好传、帮、带工作，我们王店镇人民医院难得有机会参与。记得在2008年"5·12"汶川地震发生后，我们秀洲区曾经派出医疗救护队到受灾严重的四川省青川县进行医疗救援，当时医院里的员工报名踊跃，最后优中选优，派了手术室护士长张佳伟同志前往灾区一线救治伤员、协助预防灾后疫情。她刚去的第一个星期，余震不断，医疗队的队员睡在帐篷里，冒着生命危险为当地老百姓看病、手术，进行环境消毒，为灾后重建做出了贡献。

一开始，我觉得报名的人会很多，但到报名截止时才发现，名额居然没报满。若尔盖县地处青藏高原东北边缘，平均海拔在三千五百米以上，空气稀薄，气候寒冷，极度干燥，很容易发生高原反应，想来是恶劣的自然条件成了大家报名最大的阻碍。作为党员，不管怎样艰难，在关键时刻必须挺身而出，于是我马上报了名。

我报名援川的事，不知道是谁传到了我妈耳朵里，老太太一听就急了，马上到医院来找我："你不能去，那边是高原，你也不年轻了，又有高血压和高血脂，身体吃不消！"

我耐心地跟她解释："现在社会进步了，那边的经济也比过去发达多了，我过去也是行医，是做我的本职工作。整个秀洲区有几十个人报名，据说他们那边重点需要妇产科医生和妇幼保健人员，我就算想去，也不一定轮得上。"

"万一被选上了怎么办？"母亲还是很担心。

"那当然要去，我是党员，必须要冲在前面。妈，你放心吧，可能性很小。如果真的选上，我已经这么大了，又是医生，会管好自己的。"

我妈的思想工作必须要做通，她本来身体就不太好，同时有糖尿病、高血压和冠心病，如果思想一紧张，心脏病犯了，住院了，我到时想走都走不开。好说歹说，她总算是同意了。

回到家后，我跟我爱人也商量了一下。我们俩是同一个医院的，她是一名内科护士。她对我报名援川没什么意见，也只是担心我的身体："你毕竟人到中年，身体不一定吃得消。"

人到中年，以前听到这四个字，是没什么感觉的；现在自己真正踏入中年了，听到这四个字，简直是心惊胆战，时间似乎一夜之间从赖着不走变成了不愿停留。作为医生，生离死别见得比平常人要多些。同时，我还是医院的工会负责人，碰到本院工会会员生病或者家有红白喜事，我也要去慰问。每次去殡仪馆时，内心总在盘算这已经是今年的第几次了。再对照刚参加工作时的同事名单，发现很多熟悉的老同事、老朋友，都已经到另外一个世界去了。

我报名的时候，内心一直有一种想到外面的世界去看看的冲动。本来这几天是我和几个朋友约好了要到西藏去旅行的日子，原本说好了从杭州出发，乘飞机到成都，走川藏线，从成都租车过雅安向西翻越二郎山，沿途经雅江、理塘、巴塘，过竹巴龙金沙江大桥入藏，再经芒康、左贡、邦达、八宿、然乌、波密、林芝、墨竹工卡抵达拉萨。但因为和工作安排有冲突，再加上有征兵体检的任务，就没去成。这两天他们不断在朋友圈晒照片，远处雪峰屹立，阳光映照下，无数银光在蓝天下闪烁；接近峡谷处，山峦逶迤起伏，纵横交错，林海茫茫，茂密葱茏。世界那么大，我去过的地方却很少，祖国的大好河山，我很想逐一踏足。

报完名，一个星期后，秀洲区妇幼保健院的徐丽菊医生就出发了，被派到若尔盖县人民医院妇产科工作，时间为两年。我一看，心想我们内科医生可能不用去了，虽然感到一些遗憾，但也就把心放下了，报告了家人后，便回归了日常的工作生活。

二、紧急通知

　　没想到几个月后,我被通知要去四川阿坝藏族羌族自治州若尔盖县开展对口支援精准扶贫工作,四天后就出发。这个紧急通知是我们医院屠卫东院长打电话告诉我的,他也反复强调:"本次援川时间紧、任务重,如果家里有困难,可以向组织提出来。若尔盖地处青藏高原,如果身体实在吃不消,医院可以换一位年轻的医生过去。"

　　原来以为我和若尔盖草原的缘分在几个月前就终结了,没想到还能够峰回路转。我当即答应下来,当天恰好是我在庐山疗休养的最后一天,尽管庐山的悬崖峭壁有瀑布飞泻,云雾缭绕,但是我的心却已在归途,第二天便匆匆回嘉兴了。

　　回到医院后第一件事情就是工作上的交接,因为已临近11月,医院有多项年终检查工作要安排，再加上年底还有一场人武部组织的民兵集中训练，医院的人手非常紧，但是再难也要把工作做好。上午，我先把医疗质量和医疗安全这一块工作向医务科的李海滨做了交接，民兵训练工作则移交给了院办，工会和护理工作移交给了护理部，其他工作都托付给了相应的科室主任。中午，我特意去我妈那里向她汇报。她一听我要去藏区支援，马上就紧张起来："不是说不去了吗？"

"任务比较紧急，我已经答应下来了，"我反复解释，还把前期秀洲区和若尔盖县结对的新闻念给她听，又说，"妈，你看，我们区的主要领导都去考察过了，肯定没问题的，我们到那边多半是在县人民医院工作，条件说不定比我们王店镇人民医院要好，更何况我们区妇保院的徐医生已经去了三个月，在那边工作、生活，也都好好的。"

"你去了以后，要马上打电话给我，尽量穿暖和一点。"我妈忍不住一遍又一遍地叮嘱我。我爸去世得早，我和我妈、我弟三人相依为命，我妈一直把我当作家里的主心骨，什么事都要和我商量。我到王店工作后，她也一起来到了王店，开了一家小小的服装店，平时省吃俭用，直到我弟弟参加工作、结婚后，她才舍得吃穿好一点，空调也是到去年才肯装。

"我就去三个月，很快就会回来，你有什么事，一定要及时和弟弟联系，特别是如果觉得不舒服，一定不能熬。"我叮嘱完她，又打电话给我弟弟，让他尽量隔天去一趟店里看看老妈。

10月31日下午，我匆匆赶到区政府参加由区委组织部举办的东西部对口支援动员会。会议由部务委员封火亮主持，会上，他给我们介绍了本次东西部对口支援若尔盖的背景和意义："党的十八大以来，习近平总书记就脱贫攻坚、东西部扶贫协作和对口支援工作作出一系列重要指示，为我们指明了前进方向。我们要深入学习领会习近平总书记重要指示精神，深刻认识到对口帮扶阿坝州若尔盖县是我们嘉兴市秀洲区必须完成好的一项重大政治任务，是义不容辞的使命担当。本次组团出发时间紧，但是作为红船启航地嘉兴的儿女，我们义不容辞。若尔盖地处阿坝藏族羌族自治州北部，藏族人口占绝大多数，尽管旅游资源丰富，但是发展不平衡，我们必须尊重当地的风俗习惯和宗教信仰，也要注意安全，确保圆满完成任务。"

会后，我们秀洲区卫生系统前去支援的五位同志互相认识了一下，大家都非常兴奋。我是1972年出生的，年龄最大，就安排我做领队；油车港卫生院的沈林华是"70后"，新塍医院的汤杰、洪合卫生院的俞建、王江泾医院的王琴都是"80后"。当说起先行前往的徐丽菊时，沈林华告诉我，她和徐丽菊以前是同事，一起在新塍医院工作过，于是我们马上联系了徐丽菊，并把她拉进了我们的微信群。我最关心的还是气候问题，在群里询问了她，她马上发了一张照片过来,告诉我们那边已经开始下雪了,最低温度下降了到零下十九摄氏度。

出发的日子也定下了,就在两天后,先从上海到成都,再转机到松潘的九寨黄龙机场,到了松潘就会有若尔盖的工作人员来接我们,到时还要乘几个小时的大巴,大巴行驶的具体时长要看路况,因为松潘到若尔盖的路上目前已经有积雪了。

回到家,我立即整理行李。口罩,帽子,围巾,一件薄羽绒服,两件厚羽绒服,两套厚的棉毛衫裤,两条牛仔裤,一条厚的休闲裤,两件羊绒衫。我反复比划,把所有的行头又试了一遍,觉得在御寒的准备上应该差不多了。当把衣物悉数装进行李箱后,发现还缺两双棉鞋,我马上上网下单订购。除了衣物和生活用品,我还带了一台笔记本电脑,以便工作和生活。

此外,还有一件物品必须要带去,那就是茶叶。据说藏区普遍喝以酥油与茶叶混合熬制的酥油茶。我喝绿茶已经二十多年了,估摸着自己应该是喝不惯藏区的茶的,正好家里有一斤盒装龙井茶,本来是准备春节时招待客人的,这次出远门带着,算是犒劳自己了。

三、说走就走

11月2日，按照行程的安排，今天要出发。我和往常一样六点起床，拉开窗帘一看，是个晴天。家里的早饭按惯例是我负责的，这天，我特地煮了嘉兴的特产五芳斋粽子，然后叫起了老婆和儿子。本来老婆想要送送我，我摆摆手说不用。望着他们出门的背影，心里空落落的，毕竟要外出三个月，路途遥远，只能靠电话和视频联络了。

十点过后，微信开始不停地闪烁。我和汤杰约好在南湖区上车，其他三人则由秀洲区委组织部吴盛华科长和卫健局张文明副局长陪同，从区政府出发，当看到他们快到中山路时，我立马背起包，拎起行李箱出发。没想到刚走到楼下，有了突发情况。我的肚子忽然一阵一阵地绞痛，看来肠易激综合征发作了。如果饮食不当或者紧张、焦虑，我的肠易激综合征就会发作。我以为自己不会紧张、焦虑，可我的肠胃还是出卖了我。这让我有点措手不及，我飞速跑回家里处理完毕，肚子总算是舒服了，这时出租车也到了，我赶紧下楼，前往事先约好的会合点。

这时，秀洲区政府派来的大巴车也到了，这一次除了我们医疗队外，一起去支援的还有教师、政府工作人员，其中张纪良老师和沈月锋老师是我很早就认识的。十五年前，张纪良的叔叔因为蛛网膜下腔出血住院，是我抢救成功的，后来他的爷爷奶奶也都来找我看病，我们就慢慢熟悉了。他现在已经是王店梅里小学的副校长了。碰到熟人，大家非常惊喜。

在大巴上，大家显得既兴奋，又紧张，要从一个熟悉的城市到两千五百公里以外的藏区工作，文化、语言、生活习惯完全不同，那是怎样的一种境况？尽管出发之前我们做了很多功课，也做了充足的准备，但是心里还是忐忑不安：生活会不会很苦？工作如何开展？万一生病或者发生高原反应了怎么办？

嘉兴到上海浦东国际机场很近，九十多公里的路程，大巴车开了一个半小时就到了。上飞机后，我拿出《消化超声内镜疑难病诊断图解》学习起来，说来惭愧，这本书的编委陈洪谭就是我同学，他如今已经在国内超声内镜领域崭露头角，我却仍在基层医疗的路上努力前行。飞行的两个多小时，我把《消化超声内镜疑难病诊断图解》这本书认认真真看了一遍，要想成为一名合格的超声内镜医生，必须具备良好的读图能力，并能敏锐地发现病灶。

到了成都双流机场，已经是晚上七点多了。因为我们明天还要乘早班飞机去九寨黄龙机场，然后转乘大巴去若尔盖，顾不上领略成都的繁华，经过简单的洗漱，我们就带着对若尔盖的期待，早早地入睡了。

四、穿越草原

11月3日凌晨四点，天色微明，平常这个时间我们还沉睡在美梦中，但为了赶六点四十分的航班，大家都非常自觉，迅速起床，简单地吃了点东西就出发了。

我们要去的九寨黄龙机场在阿坝藏族羌族自治州松潘县川主寺镇附近，距九寨沟、黄龙都很近，常被称为"九黄机场"，为国内旅游支线机场，也是阿坝州的首个机场。九寨沟位于阿坝藏族羌族自治州九寨沟县漳扎镇，是白水沟上游白河的支沟，因有九个藏族村寨（又称"何药九寨"）而得名。九寨沟四季景色迷人，遍布原始森林，有多种珍稀的野生动物植物。九寨沟远望雪峰林立，峰顶高耸入云，终年白雪皑皑，加上藏家木楼、晾架、经幡、栈桥、磨房、传统习俗等构成的人文景观，被誉为"美丽的童话世界"。2017年发生地震后，九寨沟景区关闭，而黄龙景区知名度没有九寨沟高，因此，这一带游客少了很多。如果在旅游旺季，这里每天都有航班起降。而现在已经是11月了，正值旅游淡季，所以旅客很少，一个星期只有两班航班，飞机也都是小型客机。旅途颠簸，从飞机上往下看，目之所及都是巍峨的雪山。

经过一个小时的航行，我们到达了九黄机场。一下飞机，一股寒意迎面袭来，成都清晨的温度是十二摄氏度，但这里的温度只有零度。由于地处青藏高原的边缘，这里海拔有两千多米，我明显感到了不适应。走出机场，天阴沉沉的，路面上还有薄薄的雪，只看到稀稀拉拉的几辆出租车，四周是光秃秃的山坡，植被干枯，地表裸露。来接我们的中巴车已经在停车场了，负责接队的庞高峰和索朗也已经在等我们了。庞高峰是今年7月到若尔盖支援的，挂职在县委组织部，脸已经晒得黑黑的了，索朗则是县委组织部的工作人员。他们反复同我们强调要保暖，于是大家都穿上了厚外套。

中巴开出机场，往西十公里，就进入了川主寺镇。这是一个历史悠久的镇子，曾是整个川西北地区的政治、经济、文化中心。镇上有一座寺庙叫川主寺。随着黄龙、九寨沟旅游的快速发展，小镇的交通、通信、能源等基础设施得到明显改善。宾馆饭店如雨后春笋般出现。尤其是随着红军长征纪念碑碑园的落成和九寨黄龙机场的通航，如今的川主寺镇已成为一个具有相当规模，既有浓郁的民族风情，又具现代气息的高原旅游集镇。这里有以松贝、虫草、羌活为主的中药材资源，有以硬杂木、杉木为主的森林资源，还有大量可供开发的优质矿泉水资源。

庞高峰介绍，川主寺镇由安徽省对口支援，意图将旅游村寨打造成"高原明珠"，从而把游客来川主寺镇旅游的普遍模式从过境游转变为目的游。果然，沿岷江一路看过来，民族村寨古朴亮丽，横跨江面的兴川友谊大桥、红星桥、石嘴桥等外观独特、气势恢宏，加上城镇两边连绵的高原，俨然一幅美丽的山水画卷。一栋栋经过改造后风雅别致、粉饰一新的藏式民居点缀着这个高原明珠小镇。

出了川主寺镇，一直往西，过了岷江源头，不知不觉就到了尕里台草原，这里的平均海拔已经超过三千六百米了，天气也渐渐转晴。从沿江的山谷地带到了草原，眼前一下子开阔起来。这条路是红军长征故道，也是四川通往甘肃的干道。中途下车一趟，冷气就迎面扑来，与车里宛如两个世界。今天是11月3日，在嘉兴，中午的最高气温是二十摄氏度。

这是我第一次看到大草原，看到如此湛蓝的天空和洁白的云朵，放眼望去，山峦跌宕起伏，白色的云朵在山尖飘荡，山坡上的牦牛悠闲地吃着草，曲折的公路好似藏族姑娘的一条彩色绸带缠绕在山腰，不时有牧民骑着马赶着牦牛从一片草地走到另一片草地。草地上还

这是我第一次看到大草原,看到如此湛蓝的天空和洁白的云朵,放眼望去,
山峦跌宕起伏,白色的云朵在山尖飘荡,山坡上的牦牛悠闲地吃着草

有一坨坨黑色的东西，我走近一看，原来是牛马的粪便。这个季节草已经干枯，五彩的经幡醒目地在风中飘扬，草原上还有许多玛尼堆。

藏族群众对佛教文化有着特殊的感情，男女老幼都以做佛事为生活的一部分。在广袤的草原上、偏僻的山沟里，人们在一块块普通的石头上刻写上经文及各种佛像和吉祥图案，并饰以色彩，使平凡的石头变成了玛尼石。各种各样大小不一的玛尼石聚集起来，就成了玛尼堆和玛尼墙。玛尼堆最直接的作用之一就是供人们转经朝拜，随时匡正自己的思想和行为。尤其是在远离城镇和寺院的乡野村寨，玛尼堆更成为人们精神生活中不可或缺的存在。藏文化是有别于其他地区文化的一种特殊文化，有浓烈的宗教色彩。悬挂经幡就是藏文化中最有代表性的一种现象，在藏区随处可见。最初见到经幡时，大家会以为是一面一面随风飘动的小旗子，其实小旗子上是印有文字和图案的。经幡的寓意深远，历史悠久，讲究颇多。经幡大致可分为两种：一种是将蓝、白、红、绿、黄五种颜色的布块挂在悬于山口、山顶等处的长绳上；另一种由主幡与幡舌组成，主幡通常用白色布，幡舌是缝在主幡上的小布条，同样采用蓝、白、红、绿、黄五色，也有在主幡的边上镶块布的。五色分别象征蓝天、白云、火焰、绿水和大地，其深层含义则是五色分别代表五行，像大自然中天地不容颠倒一样，这五种颜色也不容错位。在高原行走，不一会儿，大家就会气喘吁吁，而藏区的群众则要背着重重的经幡在陡峭的山崖上攀登，在最高处将几十条、上百条经幡悬挂好，展现的是一种力量，也用虔诚表达了一种朴实的生活态度。我们稍作休息后回到车里，这时艳阳高照，车里的温度也接近二十度了。过了尕里台草原，就进入了若尔盖境内，这时，手机信号开始时断时续。

一路上都可以看到薄薄的积雪，成群的牦牛在草原上吃草，牧民则骑着马跟在后面，也有一些牧民骑摩托车或者开汽车放牧。因为公路两旁都是草地，公路上不时有牦牛穿过，牛好像适应了车来车往，看到汽车过来了就等在路边，听到了汽车喇叭声，也会转过头，等汽车先通过。山坡上搭着一座座帐篷，也有建造好的房子，墙面上写着"德阳援建"四个大字。

随着公路边的房子越来越多，手机信号也越来越强。大概开了两个小时，眼前首先出现一片经幡群，然后是一片树林，接着，一个房屋错落有致的藏寨出现在面前。藏寨的寨口上写着大大的"班佑村"三个字，村路口立着一块中国工农红军班佑烈士纪念碑，纪念碑的主体是一座名为"胜利曙光"的雕塑。在班佑河畔曾发生过一段悲壮的故事：七百多名红军战士在走出草地后，背靠背坐在班佑河边，牺牲在草地边缘。"胜利曙光"四个字由时任中央军委副主席迟浩田上将题写，寓意着红军烈士留下的是曙光和胜利，浩气长存。小学语文课本中《七根火柴》的故事原型就发生在距离这块纪念碑几公里的姜冬村。

车又开了将近十分钟，前方的建筑物也越来越多、越来越高。当看到一座彩色拱门时，索朗告诉我们，县城快到了。

我们嘉兴来的援川人员都被安排在凯德丰宾馆，宾馆就坐落在热曲河之滨，与湿地公园隔河相望，是草原上带有现代建筑风格的一座酒店。为了预防沿海地区来的宾客发生高原反应，房间里备着吸氧装置和红景天口服液。

来之前，我通过媒体和到过这里的朋友对若尔盖做了初步的了解。若尔盖地处四川省西北部，在青藏高原东部边缘、阿坝藏族羌族自治州北部，与九寨沟、松潘、红原相连，是阿坝州面积最大的县，平均海拔三千五百米，辖区内居住有藏、汉、回、羌、彝等民族，藏族人口占绝大多数，拥有独特的高原湿地草原风光及丰富的藏族文化资源。

据史料记载，今若尔盖地区古时属西戎范围。先秦时，为河曲羌辖地，南北朝属吐谷浑，唐朝归松州管辖。吐蕃强盛时期，一直隶属吐蕃，所以这里的人民的生活习惯、宗教信仰与西藏非常接近。元朝时，于现在的求吉乡境内置潘州。到了明朝又并入松州，取二州首字定名松潘卫。清代于现在的县境内设立土司制度。民国时期，若尔盖属松潘县管辖。1950年8月，茂县地委、松潘县派出工作组进入包座地区开展工作。1951年，松潘县政府派工作组到郎木寺，召开若尔盖十二部落土官会议开展工作。1953年6月建立过渡性县级行政机构若尔盖包座行政委员会。1956年7月正式建县，隶属阿坝藏族羌族自治州。若尔盖，藏语念作"若尕"，据说意思是牦牛喜欢的地方。据说，县名来自一个西藏派来的大管家的名字。管家名叫若耿，方言译写作若尔盖。一说以若尔盖部族为名。

我和汤杰看着地图在城里闲逛，若尔盖县的治所全称达扎寺镇，位于若尔盖县中部、班佑河下游北岸，面积不大，主要有两条街。商业街和曙光路为东西走向，政府机关和行政机构基本上集中在商业街一带，最热闹的是曙光路与香巴拉南街交叉处，公交车站和农贸市场就在附近，从乡镇来赶集的牧民也都在这里集合。一路上我们看到的都是穿着宽大藏袍，脸部裹得结结实实，只露出两只眼睛的藏族居民。老年人大多数都弓着背，一手拿着转经筒，一手拿着佛珠，口中念念有词，慢悠悠地在街上走着，身边不时有青年藏民骑着摩托车呼啸而过。街两旁挤满了商店，但都是卖藏服、取暖炉、日常用品的，没看到有大型的商场。街面上私家车很多，各种车型都有。路过商业街的一家酒店时，恰巧碰到了一对藏族新人正在举办婚礼，我们好奇地停下来观看，只见酒店门口布置得很漂亮，放着喜庆的藏族音乐，新郎新娘穿着传统的藏服，开心地接受亲朋好友的祝福，脖子上挂满了洁白的哈达。

我们还去了附近的达扎寺参观。达扎寺全称为"达扎具德吉祥善法寺"，是一座格鲁派寺院，初建于康熙二年，距今已有三百多年的历史。寺内除珍藏有众多佛像及菩萨像外，还有金汁抄写的《般若经》等珍贵经典，以及佛祖像、高僧遗骸、"阿"字骨和印有六世活佛手纹的石碑等许多珍贵文物。达扎寺坐落在俄尼山半山腰，班佑河从它面前辽阔的草地上缓缓地流过。寺院门口耸立着白色的佛塔，一长排信佛的藏民一边念念有词，一边顺时针绕着佛塔转。寺门旁边有一条转经筒长廊，有很多穿着藏服的人在这里转着经筒。经筒转动，如时光飞逝，像轮回上演。香炉里的青稞、炒麦、柏枝燃起一缕缕青烟，洁白的鸽子在大殿的门口散步，麻雀看到我们一点也不紧张，叽叽喳喳地觅食，一切都是那么的平和、安详，让我因初到他乡而略有惶恐不安的心绪一下子平静下来。

下午三点，县政府为我们举行了欢迎仪式。路上张文明副局长关照我，希望我准备一下，代表秀洲区医疗团队做个表态发言。因为是正式场合，我也认真梳理了一下，准备用"三心两意"来表达我的想法。"三心"：第一个"心"是安心工作，既来之则安之；第二个"心"是虚心学习，要向在若尔盖工作的同志学习，学习他们好的医疗技术和管理经验；第三个"心"是尽心帮扶，尽量开展业务学习及新技术新项目教学，带好徒弟，传授经验，提高本地医生的诊疗能力。"两意"：一是不忘初心、牢记使命，在祖国的川藏高原上传播嘉兴的红船精神；二是希望通过自己和大家的努力，看到秀洲和若尔盖两地的合作像沙棘一样在高原上开花结果。

县政府由一幢四层的主体大楼和两幢四层的附属大楼组成，其中一幢还在改建当中。走进大门，就看见一块由红色瓷砖拼砌成的牌匾，"为人民服务"五个铜字闪闪发光。

开会在三楼，因为没有电梯，必须要从楼梯走上去。我刚走了几步，忽然感觉不太对劲，感到心慌气短，喘得厉害，还伴有头痛、恶心、双手发麻，于是马上停下来，给自己把了把脉，发现脉搏显著增快，估计每分钟有一百三十次。我想可能是因为中午没休息好，就叫其他人先上去，汤杰陪着我。休息了两三分钟后，我感觉稍微好一点了，便深吸了几口气，又走了不到十步，感到胸闷明显加重，心跳加快，呼吸急促，并有点恶心；又休息几分钟，努力再往上走，情况越来越严重，浑身软了下去，一点力气都没有，只能扶着楼梯扶手，一动也不敢动。汤杰看我脸色不太对劲，马上叫来庞高峰扶着我到办公室休息。我没有想到高原反应会突然降临，还来得如此凶猛。庞高峰让我喝水，我怎么也喝不下去，一想到吃东西就恶心想吐。我只好躺在沙发上，可是我发现平躺着也十分不适，只能拿厚厚的棉被垫在背后斜着躺。

开会期间，我只能一直这样斜躺着，连说话的力气都没有，庞高峰问我什么，我只答"是"或"不是"，没有力气多说一个字。到他们开完会回来时，我的心慌气短才好了一点，然而头还很重，恶心感还是明显，肚子不太舒服，上了个洗手间，呕了一下，没吐出什么东西，在马桶上蹲了一会儿，像腹泻一样拉了好多，感觉总算好一点儿了。

从县政府到宾馆只有几百米，却显得无比漫长。我一路上小心翼翼，不敢大声说话，不敢迈大步，稍微走快一点，就会如牛一般地喘气，心脏好像要跳到喉咙里来了，一不小心，恐怕就要吐出来。

到了宾馆，我就在大堂休息，正好南湖区来的几位老师和医生都在，南湖区来的董继忠院长听说我有高原反应，马上拿出地塞米松和复方甲氧那明给我吃，并且反复安慰我："平原过来的人进入高原时，大多数人会出现高原反应，一般几天后症状自然消失，主要还是缺氧造成的。我几年前去西藏时也发生过，休息了一晚就好了。"

我拖着沉重的身体到了房间，看着制氧机，一直纠结吸还是不吸，最后决定再熬一熬。晚上六点准时开饭，比我们早几个月来的徐丽菊医生和管红建老师也过来了。他们大口吃肉，大碗喝酒，我只能喝一点点本地特产沙棘饮料，不敢吃饭，更不敢喝酒。到了七点，出了一身汗，感觉又轻松了一些；再喝了几杯茶，恶心感也散去一些了。

吃完饭回到房间，我就一头倒在床上，心里想着怎么也得洗完澡再睡，可就是起不来。迷迷糊糊中，老婆打来电话，我也不敢实话实说，只是说："到底是高原，今天有点反应，要早点睡觉。"翻来覆去仍旧睡不着，索性起来冲了个温水澡，又出了身汗，感觉又好了一点，过了一会儿，迷迷糊糊地睡着了。

再次睁眼醒过来，才凌晨三点。忽然听到隔壁有人在呕吐，我猜应该是沈月锋老师，赶忙过去给他做简单的检查。他的呼吸很平稳，再用听诊器听，肺部没有湿啰音，只是一般的高原反应。我嘱咐他好好休息，就回了自己的房间。这时候已经凌晨四点了，我决定抓紧时间再睡一下，不困也强迫自己闭目养神。说来也怪，这次一倒下就睡着了，一觉睡到早上七点醒来，头也不疼了，心情放松了许多。打开微信群一看，平原地区来的同事们都在经历头痛失眠。董继忠院长碰到我，问我要不要再吃药，为了保险起见，我又吃了两颗地塞米松和一颗复方甲氧那明胶囊。

初到川西，高原便给了我一个结结实实的下马威，仿佛是在提醒我，接下去的工作和生活并不像我想象中那么容易。

五、奔赴红星

11月4日上午九点，医疗队到县卫健局召开工作安排会。会议由若尔盖卫健局姚代平局长主持，他一上来就给我们"打预防针"，说："我们这里医疗环境差，医疗技术和设备确实落后，辛苦你们了，有什么需要，我们尽全力支持，真心感谢你们来支援我们！"随后，他反复关照各位院长，一定要确保各位老师的安全。大家相互认识一下后就开始分配工作了，我们秀洲区的五位医护人员都被安排在乡镇医院，我和汤杰到红星镇纳木中心卫生院，俞建、沈林华和王琴到唐克镇卫生院，中午出发。我心里暗暗可惜，到乡镇卫生院，我的消化内镜技术就没用武之地了。

来接我和汤杰的是医院的副院长泽巴扎西，一个淳朴的藏族汉子。我和汤杰两个人加上行李箱，再加上他购置的两张电热毯和两个电暖炉，把车里挤得满满当当。到了麦溪路县人民医院时，我仔细看了一下医院，褐红色的外墙，住院楼、门诊楼、综合楼标志醒目，看上去蛮气派，只是来看病的人不太多。我的心里还是有些失落。过了一会儿，天飘起了雪，我们离开县城，朝红星镇去了。

从县城到红星镇有七十多公里，我们沿213国道往西北方向行进，一路上都是广袤的草原，汽车仿佛在云端游走。到了花湖，公路旁全都是帐篷和民宿。花湖是热尔大草原上的一个天然海子。热尔大草原是我国仅次于呼伦贝尔大草原的第二大草原，海拔将近三千五百米。相传吐蕃国征服此地时，出兵前念了一种名为"热"的经，故以"热尔"名之。热尔大草原上有三个相邻的海子，花湖是大小居中的一个。最适合来花湖旅游的季节是每年的夏季，这时候花湖阳光充足，水色荡漾，湖畔开满了鲜花，仿佛仙境，再早一点花未开全，再晚则花谢得差不多了。花湖以7月中旬最为美丽，那时湖畔五彩缤纷，好像云霞满地，而湖中则开满了水妖一样的绚丽花朵。游客可以在草原上露营，举行篝火晚会。我们站在公路旁远远望去，现在草原上的花草基本上已经枯萎了，除了一大片枯草，只有少量绿色的灌木丛点缀，还有零零散散的积雪镶嵌在其中，有成群的牛羊在走来走去。

过了花湖，泽巴扎西副院长把车子停了下来，往前一指，说："前面的山峰就是我们红星镇境内的神山日尔郎山。"果然,前方一座高峻的山峰直插云霄。他还告诉我们,站在海拔四千余米的日尔郎山顶,可以遥望一马平川的热尔大草原,草原上湖泊星罗棋布,沼泽蜿蜒,成群的牛马羊散落其间,远处空空茫茫,令人顿觉天高云淡,心旷神怡。随后,他从车里拿出了两个水桶,我和汤杰很好奇,一问才知道原来他要到山脚下取水,因为这里的水质比红星镇的要好。

穿过日尔郎山隧道,公路两旁的房子多了起来,过了一家砖瓦厂再右转,就到了红星镇,这时已经快下午一点了。下了汽车我才发现,整个镇其实就是一条街,它把塔哇村和康萨村串了起来。路面刚刚挖开过,汽车开过时,积雪下面就会泛起黄色的泥浆水。街两旁就是政府、学校、银行、医院等机构,还有一些小商店,主要卖衣服、鞋子和日化用品。医院的大门正在重修,刚刚搭好脚手架,我们是踮起脚走进去的。雪越下越大,我们在医院门口一家叫周师傅川菜馆的小饭店吃了个简单的午饭。饭店是典型的夫妻店,老板自己当厨师,老婆帮忙洗菜和端盘子。他们和泽巴扎西副院长很熟,也会讲普通话,于是大家聊了起来。他们夫妻俩来自雅安,已经在这里开了五年饭店了。

吃过饭,我们取了行李来到宿舍。宿舍以前是药房,大概有十二平方米,靠东边的角落还有一个破旧的药柜,晚上取暖是要自己烧煤的,所以墙面已经熏黑了。房间里没有自来水,没有卫生间,没有无线网，生活用水是刚刚路上打来的两桶，床是以前医院用过的病床，此时我才觉察到，这里的生活条件远比预想的要艰苦。宿舍有两扇窗，但是没有窗帘，也无法打开，门锁也已经坏了，我们只好请泽巴扎西副院长给我们装个淡色的窗帘并换个门锁。他出去了一会儿就回来了，原来商店就在医院门口。他自己动手帮我们装了窗帘、换好了门锁。

食堂就在宿舍隔壁，做菜的阿妈还很年轻，白皮肤，做的菜也好吃。吃晚饭时有两桌，我、汤杰和泽巴扎西副院长一桌，修大门的师傅一桌。吃到一半，从四川德阳来对口支援的杨兰和一个叫壮尕拉姆的护士也来了，杨兰对口支援的时间是两年，她原来在德阳市罗江区中医院工作，是体检中心的一名主管护师，已经来了一年多了，主要帮助这里的医生进行慢性病管理和牧民体检工作。她告诉我们，一开始她也不太适应，但是坚持下来就习惯了，医院靠东边的角落里还有一个厕所，要干净一点，水要自己从医院的井房里取。因为高原反应还没消失，我们在食堂吃了晚饭，很早就睡了。

六、初次看诊

11月5日一大早我就醒了，头也不痛了，胸闷气急也基本上消失了，就是鼻腔和口腔还是干。我起床后的第一件事就是烧水、泡茶。早上的气温已经是零下十摄氏度，路面结了冰，对我这个自小生长在温暖江南的人来说，这是从未体验过的寒冷。

昨晚整整下了一夜的雪，医院地面上的积雪足足有二十厘米，泽巴扎西副院长一早就带领职工在扫雪了，好几个女同志也在铲雪，我和汤杰还是害怕高原反应卷土重来，不敢去劳动。雪还在稀稀拉拉地下，我们俩吃了在藏区医院的第一顿早餐，有糌粑、馒头、稀饭、花生米和拌萝卜丝。糌粑是用炒熟的青稞麦和豌豆磨成的面做的，是藏族人的正餐，吃的时候，以酥油茶或清茶拌和，用手捏成面团吃。

几位藏族同事都吃糌粑，我尝了几口，觉得味道怪怪的。

因为上午要九点半才上班，我特地到医院门口仔仔细细看了看整个小镇的状况。红星镇有八个村，生活着以藏族为主的藏、回、汉等各族人民六千多人，这里四面环山，在任何一个地方都可以看到美丽的雪景。小镇仅有一条东西向大街，街两旁的建筑都不超过三层楼，其中茶馆最多，还有就是小宾馆、小饭店，然后是几家银行，以四川农信银行最为醒目，有十几米宽的门面。这里的建筑基本上都有黄色的外墙、红色的屋顶。由于气候寒冷，每家每户都有烧煤的取暖炉，取暖的同时，可以烧水做饭。这里的人建造房子时必须留一个烟道通向屋顶，大清早每户的屋顶上都会飘着白烟。大街上不时有牦牛和羊通过，路上常常看到牦牛粪和羊粪，牛粪有人捡，可以烧火取暖。来来往往的人们都穿起了厚厚的藏大衣，脸裹得严严实实，只露出一双眼睛。山坡上已经陆陆续续有牦牛、藏绵羊出来觅食。牧民骑着马在山坡上来回巡视，引导牛羊有序吃草。医院斜对面的山坡上有一座寺庙叫康萨寺，山上香烟弥漫，寺院里的佛塔气势恢宏，有不少藏民去朝拜。这里看不到工厂，半山腰隐约可见墨绿色的松树。

泽巴扎西副院长铲完雪，吃过早饭，就带着我们上班了。虽然我从事内科工作近三十年了，自认为临床经验丰富，但是到一个完全陌生的地方工作，语言不通，心里还是有点紧张。我问他："咱们医院患者多吗？"

"多得很，常常要加班。"他用若尔盖口音的普通话回答我。

"患者以什么疾病为主呢？"我还是不太放心。

"各种各样的病都有，老百姓淳朴得很，很好说话。"他说着，把我俩带到了门诊楼二楼，过道上已经有十几个病人在等了。在全科门诊诊室的门口，他突然想起什么，停了下来，问我们："山老师、汤老师，你们是西医还是中医？"

"西医，我们是西医。"汤杰马上回答道。

他点点头，将诊室里两个年轻医生介绍给我们，并嘱咐他们要好好学习。高大一点的年轻人叫何德刚，矮一些的叫仁青夺机。

我们上班的诊室在楼梯口靠右侧第二间，上面挂着两块门牌，一块是全科门诊，一块是急诊，当然都带着藏文。诊室挺紧凑，两张桌子并排靠窗放，桌上放着一台血压计、一只听诊器和两支体温计，是供诊疗用的。另外一张桌子侧着放，上面放着一叠公共卫生台账资料，是做慢性病管理和随访用的。电脑有两台，一台在诊查桌上，连着网线；另一台就搁在侧放的桌子上，没连网线，已经积了厚厚一层灰。另外还有一个橱柜、三把椅子，门口还有一张三人沙发，是做诊查用的。

"这里就你们两个上班？"我有点好奇，因为我们在医院的医疗卫生信息公示栏里看到不少医生。

"王医生在休产假，泽巴措副院长在成都进修。所以目前就我们俩在这里上班顶着。"何德刚因为已经工作三年多了，明显对医院比较熟悉。然后我们也做了自我介绍，接触下来才知道，目前医院三位从事西医诊疗的年轻医生都还没考出执业助理医师证书，泽巴措副院长是全县唯一有西医执业医师证书的医生，这一次出去进修后，会不会再回到这里上班还不得而知，平时西医门诊主要由何德刚负责。按照规定，没有取得执业医师证书或者执业助理医师证书者不能独立上岗，泽巴措副院长在的时候负责指导及处方签名；现在她外出进修，就想了一个应急的办法，平时由何德刚开处方，等泽巴措副院长进修回来后集中补签名。这里还没开通信息化医疗，处方都用手工开，这倒也不失为一种办法。看来，在藏区基层医院，能够考出执业医师证书的年轻人实在是太少了。

"山老师、汤老师，你们要先到哪个科室看看？"仁青夺机问我们。

"还是先到药房看看吧。"我说。如果患者来了，不知道能开什么药可不太好，而且这里的用药习惯和我们自己工作的医院可能完全不一样。

他带着我们到西药房熟悉药品，药品共有一百零六种，治疗高血压的西药只有硝苯地平缓释片和缬沙坦片，治疗糖尿病的西药只有二甲双胍片和格列吡嗪片，中成药针剂和抗生素针剂倒是蛮多的，可是居然只有一个清创包。负责药房的是能么休，她是位护士，也兼任防保员。目前医院还没有正式药剂师，每个月只能进一次药，是由成都的一家医药公司统一配送的，整个若尔盖县下面的乡镇卫生院都一样。如果有哪一种药用光了，只能等下一个月，还要看天气，如果下大雪，配送时间就更说不准了。西药房隔壁是藏药房，再往前一间是收费室。

我们又到另外一幢楼去看了X光机房、B超机室和几种检验设备，看上去都蛮新的，但是已经闲置好几年，目前都无法开机了。从机器的标签上看，这是2011年至2013年之间崇州市人民医院对口支援纳木中心卫生院时捐赠的，可惜的是这里的医生没能把握机会好好学习，等支援的专家一走，机器就无法使用了。心电图机是从一间好久没有人住过的病房里找出来的，却无法开机，我们马上开始充电，充后还是不行，看来也坏了。整个医院竟然没有一台可以用的医疗设备，我不由倒吸了口凉气。没有一个合格的全科医生，没有一样可以使用的医疗设备，看来我们又要用几十年前的老办法，靠"老三样"——体温计、血压计、听诊器来看病了。

回到诊室，何德刚医生给我们讲解了医院的现状和工作流程。"咱们这里上班时要喝开水，到哪里取？"我问。我习惯每天喝茶，特别是如果坐一个上午门诊，好几十个患者看下来，往往口干舌燥，所以比较关心喝水这件事。

"下面的换药室有烧水壶，要喝的时候，自己插上电源，很快就烧好了。不过我们这里的水质比较硬，喝多了容易得肾结石。"难怪泽巴扎西副院长会特地在日尔郎山下为我们取水。水质主要以钙镁盐类的含量为衡量标准，含量越高，水硬度越高。水的硬度太高，口感就会变差，有苦涩感，水煮沸后，硬度会降低一些。于是我和汤杰商量了一下，决定将饮用水和洗漱用水分开，喝的纯净水自己到外面店里买，每天早上起来先烧好，每人一热水瓶，洗漱则用井水。

接着我和汤杰开始分工。我是内科医生，这里内科儿科不分家，我负责内科和儿科疾病的诊治及业务培训；他负责外科、皮肤科疾病的诊治和外科业务培训。来若尔盖之前，组织部对我们有要求，必须开展传、帮、带工作，于是仁青医生跟着我，德刚医生跟着他，培训的重点是常见病、多发病的诊治及慢性疾病的规范化管理，碰到典型的病例再进行个案分析和讲解，目的是促进两位年轻医生的成长，帮助他们顺利考出执业助理医师证书。

上午十点多，就有病人来就诊了，第一个是位高血压患者，是来自塔哇村的藏族老太太，仁青做翻译，我给她测血压，收缩压一百三十毫米汞柱、舒张压八十五毫米汞柱，她还带了一本慢性病管理手册，里面记载着她以前收缩压最高达一百八十毫米汞柱，服药后血压降下来了，目前控制稳定，我为她配了硝苯地平缓释片。第二个是位外伤病人，是康萨寺的小喇嘛，只有十一岁，偷偷学骑摩

上午十点多，就有病人来就诊了，第一个是位高血压患者，
是来自塔哇村的藏族老太太

托车，结果摔了一跤，手掌破了，由寺院的大喇嘛送过来。幸亏还有一个清创包，汤杰给他做了清创、缝合。接着来了几个感冒的小学生，他们和仁青夺机挺熟悉的。我也好久没从事儿科疾病的诊治了，只好叫仁青夺机从药房里把几种常用儿科感冒药的说明书拿过来，然后对照药品说明书给病人开了小儿感冒冲剂、抗病毒颗粒及头孢克肟颗粒。这里的老百姓都比较善良，称我们老师，诊疗时非常配合。

下午两点，刚一上班，泽巴扎西副院长就拿来两件工作服给我们，我们一穿，发现是短袖的。原来是管总务的卓玛足休假了，白大褂拿不出来。我也乐了，短袖就短袖吧，有总比没有好。刚上班没一会儿，一个叫扎西卓玛的小女孩就来了，主诉是腹泻一周，看上去有点虚脱了。我就腹泻的情况进行了详细的询问，腹部触诊时没发现什么阳性体征，结合症状、体征、大便性状，考虑就是个秋季腹泻，就给扎西卓玛开了两瓶液体输液治疗，再加口服蒙脱石散、乳酸杆菌冲剂，并反复叮嘱进食必须由少到多、由稀到稠，切不可操之过急，同时应做到勤洗手、不喝生水。现在天气寒冷，所以要注意腹部的保暖。如果疗效不好，请及时到县医院住院，小孩的病情变化快，不能耽误。小女孩的母亲听后非常感动。

晚上，我在微信群里看到，在唐克卫生院的三个人也把工作开展起来了。俞建帮助他们修好了X光机器，拍出了他们医院这两年来的第一张X光片，并且指导他们医院的医生开展孕妇的B超检查；沈林华和王琴帮助整理了疫苗接种室和输液室，开始帮忙进行预防接种和输液治疗了。

七、雪域生活

11月7日，红星镇气温已经零下十二摄氏度了，雪还在飘。我看了一下日历，今天正好是二十四节气中的立冬，是汉族的传统节日之一。立，建始也，表示冬季自此开始。冬是终了的意思，有农作物收割后要收藏起来的含义。传统上把立冬作为冬季的开始，一到立冬，冷空气开始在大地上肆虐，草木凋零，蛰虫休眠，万物休养。

早上在食堂吃早饭时，我问食堂的朗么阿妈："今天是立冬，你们这边有冬令进补的讲究吗？"

"我们这里除了冬季，就是大约在冬季，"朗么阿妈诙谐地说，"所以也没什么冬令进补的说法。"

"天天这样下雪，牧民还能出去放牧吗？牦牛和羊怎么办？"我无法想象这样的天气还要出去放牧。

"还是有人出去放的，我们这里每年都这样下雪，牧民也习惯了。"经她这么一说，我再仔细往山坡上望去，果然看见有一些黑点在移动，那应该就是牦牛。

"每年都会这么下雪，这么冷吗？"我继续问。

"基本上每年都这样，最冷的时候有零下二十多度，不过今年下雪比去年要早、要大，去年整个冬天只下了三场雪，今年都已经下过三场了。"她好像已经习以为常了。

下雪天，上午病人不多，却在一小时内来了两个牙痛的中学生，都是蛀牙，应该是从小没养成刷牙的良好习惯。医院里的一名护士也在牙痛，脸肿得像馒头，汤杰帮她看了一下，发现她的蛀牙已经只剩下牙根了，牙龈在发炎，必须把坏牙拔了才行，但拔牙手术没有专门的齿科器材是做不了的。我问了何德刚，他告诉我，整个镇上都没有专门的牙科医生，一般牙病要到县里去看。在这里，只能先吃点止痛药和清热解毒的药物，等炎症好一点再去县人民医院的牙科治疗。

中午雪停了一阵，下午起又开始下了，并且越下越大，很快路面上积起了十几厘米厚的雪，没有清扫过的地方甚至有三十多厘米厚。从窗户望出去，医院的院子银装素裹，白茫茫一片。打开窗户细看，雪花密密的，雪片有点像银白色的针，握一把在手里可以形成雪块，化也化不了。风一阵紧似一阵,滴水成冰。这里的雪完全不像我们江南的雪,很少有雨夹雪,也没有雪珠。不一会儿,细沙似的飞雪落下,零零碎碎,又轻又柔,漫天遍地;渐渐地,又密密匝匝地漫空飞舞,在半空中穿插,纷纷扬扬,飘飘洒洒,顷刻间,"天风渐渐飞玉沙",在苍穹底下似烟非烟,似雾非雾。屋檐下,麻雀却在上下翻飞,与雪共舞,是麻雀欢喜这漫天飞雪,还是飞雪惊醒了麻雀的梦?这样的画面,是动与静的完美结合,有幸遇见。

到了傍晚,雪花只是在零散地飘着,原先争相扑向窗玻璃的千百只玉蝶,此时也已倦倦地飞向了一旁。我走出宿舍的门,踏着绵软的积雪,听任脚下发出的"咯吱咯吱"的声响,陶醉在天地间的一片洁白中。朝四周望去,街两边的一栋栋楼顶上也积了很厚的雪,路边停放的轿车犹如粉妆玉砌。这些年,因为气候转暖,在江南尤难见到冬天那千里冰封、万里雪飘的壮美景色,在若尔盖,我终于看到了"千树万树梨花开"的雪国风光。我看了一下天气预报,明天要零下十五摄氏度了。我和汤杰到井房又打了两桶水,出水的皮管外面已经结冰了,幸亏是空心管,管内还是通的。我把带来的一件厚羽绒服和一双雪地靴取了出来,准备明天早上穿。

到了8日早上,雪逐渐停了,七点已经可以看到一缕阳光了。唐克卫生院的三位同行发了微信过来,说他们那里没有自来水,正在凿冰取水。

地面上积雪很厚，但因为是干雪，所以铲开雪后路面基本上是干的。街上也有很多人在扫雪。虽然很冷，但是看到晴空万里，我的心情也开朗许多。这里因为经度关系，天亮要比我们沿海地区晚，到了八点，太阳才完全出来，皑皑雪山在阳光下分外显眼。

风很大，因为三面环山，风是从西面吹来的，非常凛冽，耳朵和脸被风一吹，都失去了知觉。走在街上，所有来镇上的牧民和居民，脸都捂得严严实实，帽子上面都结满了冰霜，走着走着就白了头。到了医院，因为有暖气，大家纷纷脱下藏袍，抖落被风刮到身上的雪花。我突然想起了李白的一首词："画堂晨起，来报雪花坠。高卷帘栊看佳瑞，皓色远迷庭砌。　盛气光引炉烟，素草寒生玉佩。应是天仙狂醉，乱把白云揉碎。"

我们抵抗寒冷的方法是尽量吃饱一点。晚饭吃完，我们便马上回房间开电热毯，用电炉烧水，然后用热水泡脚。房间不大，房门一关，热气都被关在屋内。睡前我们把电热毯和电炉关了，被子一人有两床，我们就裹起来睡，倒也不觉得冷。

我的手一冻就会发麻，所以为了少洗衣服，两天换一次内衣内裤和袜子，前几天一直下雪，也就没洗。来红星镇五天了，也没出去洗过澡。今天天气晴朗，我们准备洗衣服，却发现没地方晾。后来总算在仓库里找到了一根老掉牙的输液杆做临时晾衣架，起先想竖着放，但是立不稳，高度也不够，挂长裤裤脚会拖地，后来在二楼发现了空的纸板箱，我们叠了四个，高度起码有一米六，把输液杆横着放，一边搁在窗台上，一边搁在叠起的纸板箱上，就可以挂两个人的换洗衣裤了。

若尔盖冬天经常下雪，夜里上厕所成了一件让所有人头疼的事情。我们的解决方案是在睡前尽量不喝水，小便在院子里解决，如果肚子不舒服要大便的话，只能跑厕所，一趟下来，冻得瑟瑟发抖。有一次我晚上跑了一趟，回来时因为路面结冰，滑了一跤，幸亏穿得厚实，没摔伤。

太阳一出来，朝南的一部分雪开始融化，气温更低了。我已经把厚的羽绒服穿上了，再加一件羊毛衫，如果不到外面去，也不冷。关键是不能感冒，虽然我的高原反应暂时已经好了，但要是感冒，就很容易复发。

八、业务培训

连续下了四天雪以后，天转晴了，气温也慢慢回升，虽然最低温度还是零下十摄氏度，但是白天最高温度已经到了五摄氏度。天一转暖，得感冒和腹泻的小孩子也减少了一些，每天来看病的人基本上在十个左右，时间集中在上午十点到十二点，下午四点以后医院就空了。医院办公室有地暖，上班一点也不冷，何德刚告诉我们，这幢楼也是今年五月份启用的，去年冬天还是靠烧煤和牛粪取暖的。

看诊间隙，我和汤杰开始准备培训的事项。我们总共安排了三期业务培训：第一期为高血压诊治及管理、外科急腹症诊治，第二期为糖尿病诊治指南解读、胆道疾病诊治，第三期为慢性阻塞性肺病诊治及管理、骨折现场急救。

培训的教材和课件由我和汤杰按照实际情况准备，难度要适宜，内容要实用，同时还要做好索引，方便我们走后他们能随时查阅。材料准备好后，我们俩就去请示泽巴扎西副院长和医务科的尚州降措科长。他们对我们来了以后做的医疗传帮带工作表示非常感谢。我也顺便询问了这里平时培训的项目。这里的培训和我们医院差不多，也分住院医师规范化培训、各类技术人员继续教育、专业进修三类。住院医师规范化培训是按四川省制定的住院医师规范化培训方案实施的。医院已经有一名医生在四川省人民医院进行为期两年的规范化培训。医院具有中高级职称的卫技人员每年须取得规定学分，否则不得申报高级卫技职务任职资格；医院还要求他们定期组织医院职工进行相关业务学习，参加人员和授课人员都可以得到一定的学时和学分。事实上，医院具有中高级职称的就三位，院长卓科已经是主任藏医师了，副院长泽巴扎西和门诊部主任杨忠吉是主治藏医师，他们三个每年都出去短期脱产培训以获得学分。赴上级医院进修，一般时间在三个月至十二个月之间，主要是派有临床基础、已获得执业医师证书的医生到州医院或者省级医院进修。

18日下午三点半，当天的诊疗结束了，我们就从隔壁针灸理疗室搬了三把椅子，整整齐齐地排成一排，准备授课。我们知会了一下泽巴扎西副院长，不一会儿，所有在医院上班的职工都来了，就连收费的斗尕甲和藏药房的郎卡拉姆也来了，加上杨兰老师，整个房

不一会儿，所有在医院上班的职工都来了，就连收费的斗尕甲和
藏药房的郎卡拉姆也来了，加上杨兰老师，整个房间挤得满满的

间挤得满满的。

　　我习惯把"以病人为中心"的人文医疗理念作为开场白,强调医院的职工要把病人的需要作为第一要务,把病人的利益作为第一考虑,把病人的满意作为第一标准,加强主动服务意识、质量意识、安全意识。然后,我针对高血压的早期症状与治疗方法做了讲解。高血压是最常见的慢性病,也是心脑血管病最主要的危险因素。现在纳木中心卫生院管理的高血压患者只有八十多个,但按照统计数据来看,本地的高血压患者数应当远远不止于此。医院对高血压患者的诊治和管理还有很多工作要做。接着,我对降压药的分类和用法、作用机制、副作用做了阐述。其实诊断高血压并不难,在基层医院完全做得到,在未服用降血压药物的情况下,非同日三次血压测量值收缩压均大于等于一百四十毫米汞柱和(或)舒张压均大于等于九十毫米汞柱(每次测量不少于三次读数,取平均值)即可确诊为高血压。若患者既往有高血压病史,正在使用降压药物,血压正常,也可诊断为高血压。会后,我又向泽巴扎西副院长反映,目前医院只有两种降压药,是远远不够的,必须增加品种和数量。泽巴扎西副院长也表示会配合做好工作,尽量满足群众的需求,下次进药时增加降压药品种。

　　汤杰则从急腹症的概念讲起,谈了急腹症的临床表现、诊断和鉴别,特别指出外科急腹症患者在没有明确的诊断结果前,应严格执行"四禁",即禁用吗啡类止痛剂、禁饮食、禁服泻药、禁止灌肠,并定时观察生命体征、腹部症状,观察有无伴随症状,动态观察尤为重要。此外,育龄女性必须仔细询问月经史以排除妇科疾病,必要时要请妇科医生会诊。因为输卵管妊娠破裂会导致大出血,会有生命危险。当讲到询问月经史时,在座的女同志都偷偷笑了。在门诊工作中,我们遇到类似情况也感到很为难,特别是在藏区,语言文化、风俗习惯与我们那完全不同,只能换个办法,从最近有没有怀孕这个话题聊起,再聊到月经正不正常,还挺管用。

会后,我还向泽巴扎西副院长请教了藏医对高血压的治疗方法,他告诉我,治疗高血压的藏药还是很多的,像二十味沉香丸、十八味降香丸效果都不错。医院里制作的二十五味珊瑚丸,不但能治疗高血压,还可以治疗高血脂,周边的藏族老百姓纷纷慕名而来配这个药。

之后,我们俩根据培训通知上的安排,又开展了两次业务培训,和当地藏医相互学习、共同提高。

通常晚上就是最无聊的时候,幸亏有手机,可以和同来的同事们进行交流。在唐克的俞建正在做一个美篇,内容是我们在若尔盖的工作开展情况,向我们要材料,于是我们把克服困难开展医疗救护和培训的工作照都发了过去。第二天早上一打开微信,关注和赞美纷至沓来,秀洲区卫健局及援川指挥部的领导纷纷点赞,孙庆华局长打来电话对我们五位在若尔盖支援的医护人员表示慰问，我们的心里暖烘烘的，领导的重视是对我们工作的最大支持。

九、藏区师友

　　我们来到红星镇纳木中心卫生院开展工作已经十天了，逐渐适应了当地的生活，也开始与医院的同事们慢慢熟悉起来。

　　医院体量虽不大，却是若尔盖县第二大的藏医院，由红星卫生院和纳木中心卫生院合并而成。红星卫生院历史悠久，其前身就是热当坝乡藏医院，1960年，因当地医疗条件很差，经当时各大队的队长和群众的推荐，纳木区的领导甲扎西和吉西甲任命医术精湛的旦科担任热当坝乡藏医负责人。当时没有专门的医院，只好向康萨寺借了一间屋子行医，后来又搬到郎木寺。1965年，在现在医院的大门口处修建了五间平房作为医疗用房，正式成立了热当坝乡藏医院。1971年，因形势需要，改为红星合作医疗站。1975年，在多方争取下，旦科开办了四川省内第一个藏医药中等专业班——阿坝卫校藏医班。在创办初期，藏医班缺教材，旦科便拿起笔，根据藏医药学教学特点，编写了《藏医生理学讲义》《藏药方剂学》《医德》等十三本通俗教材，为编写全国五省区藏医中专统编教材打下了基础。他的学生遍布阿坝、甘南地区，为安多藏区的医疗事业作出了巨大贡献。1986年，医院修建了住院部，共计十一间病房。1996年，医院正式改称红星乡卫生院。2002年，县政府和医院各出资十八万五千元，修建了三层门诊大楼，同年增设了妇产科。医院研制的夏萨德西丸、夏萨甘露丸、夏萨肝康丸、夏萨降糖丸等夏萨系列药品，被藏民视为灵丹妙药。前两任院长阿扎、八尔科都是旦科大师的高足，现任院长卓科也是。卓科现在已经是主任藏医师了，在红星镇及周边地区有很大的名声。

纳木中心卫生院就坐落在红星卫生院隔壁，也是在20世纪60年代成立的，在20世纪90年代和本世纪初，病人不少，医务人员的技术在本地有一定的口碑。在2011—2013年，崇州市人民医院对口支援过纳木中心卫生院，不仅派驻业务能力强、素质高、品德好的主治医师或副主任医师，还每年提供发展基金，在一定程度上改善了纳木中心卫生院的硬件设施和医疗条件。

对医院历史的了解大多来自与同事们的闲聊，随着感情逐渐亲近，身边每一个人的形象也逐渐鲜活起来。

　　首先是我的"徒弟"之一何德刚。第一天碰到他时，我就觉得他应该是汉族人，当他告诉我他来自嘉绒藏区的小金县时，我还是不太相信，主要是因为他有个汉族的姓名。后来才知道，他还有一个藏名叫降措。在一些经济发展比较快，或者藏汉通婚的藏区，新生儿的名字越来越具有汉族特色。虽然他已经结婚，但到底还是个大孩子，手机里每天播放着张学友的歌，走路时两条腿一颤一颤，像是在跳舞。他来到红星工作已经整整三年了，一开始，他也没有想到会在红星镇扎根，但巧的是，他在这里遇上了他的夫人。他女儿现在已经五个月大了，马上将回家补办婚礼。

　　关于藏族姓名这件事，我还问过藏药制剂室的工勤人员老刘。老刘是重庆人，今年已经六十八岁了，他来红星已经四十多年，在红星镇娶妻生子，完全融入了当地的生活。他是汉族人，讲一口带浓浓的重庆口音的普通话。老刘告诉我们，在若尔盖县，藏族名字一般只有名没有姓，名字的内涵也是十分丰富的，代表着父母对孩子的期望或是无限祝福。最普遍的做法是请当地活佛或者德高望重的僧人给孩子取名。此外，根据孩子性别不同，取名用的词也有所不同，如"格桑""卓玛"为女孩常用，而"多吉""次仁"为男孩常用。何德刚长得高高大大，喜欢唱歌还有打篮球。他刚来时最烦恼的是语言不通，嘉绒和安多的藏语口音区别很大，到现在他还没完全掌握安多口音。

　　我的另一个"徒弟"仁青夺机是土生土长的红星人，对这里的风土人情非常熟悉。虽然刚刚上班两个月，来找他看病的人却很多，特别是学校里的教师和寺庙里的喇嘛，有时他的亲戚朋友也来找他，但是因为他没有临床经验，所以通常是我们看病，他做翻译。仁青的家就在镇上，离医院不远。他家以前是塔哇村的牧民，村里的房子还在，所以在当地来说条件也算不错。他喜欢听藏歌，最喜欢听的是才让东珠的《泪之源》。我此前没有接触过藏歌，便特地让他发给我，打开一听，旋律优美，感人至深。每天一上班，听到藏歌的声音，就知道是仁青来了。他今年刚刚参加工作，医学基础知识不太扎实，所以我重点辅导他。支气管炎或者肠炎患者来输液时，我开头孢曲松比较多，常规将2克药物加入100毫升的生理盐水中稀释后输注。因为疗效很好，来看门诊的患者增加了不少。有一次来了一位肺炎患者，头孢曲松皮试呈阳性，我只好改用了阿奇霉素，将0.5克阿奇霉素针剂加入250毫升葡萄糖水中稀释后输注，连续挂了两天，第三天我正好走开一阵，仁青帮助开了输液，没注意液体的量，只用了100毫升葡萄糖稀释，输液速度也没控制好，结果病人恶心呕吐、肚子痛，幸亏护士发现得早，才没有出事。事后我狠狠地批评了他一顿，他态度倒是很谦虚。当然也不能全怪他，这里的药房也缺乏审核能力。

　　负责管西药房的是护士能么休，我也不好意思问女生的年龄，她应该在二十五六岁，经常因为睡过头而上班迟到。她不是药学专业毕业,对药品的调配规范不够熟悉,在药品养护方面也是新手。每次我去药房,她都非常谦虚地询问。我们来之后,天气突然转冷,小孩子得感冒和咳嗽的特别多,很快药房的儿童感冒药就没了。这里地广人稀,每家医院的规模又都太小,药只能每个月配送一次。我吩咐她下次多进一些儿童药品,她马上联系了医药公司,要求下次货多发一点。在基层医院,药品都是零差价销售,而每个医生的用药习惯也不一样,如果进多了,药会过期,报损则又可惜,因此,进货量需要实时监控,尽量避免误差。

食堂的朗么阿妈和我们接触得最多。她每天早上六点多就起来诵经,煮好酥油茶,八点钟到医院的食堂,将昨晚关闭的火炉通一通,然后加点煤块进去。她是一名藏传佛教的信徒,平时的诵经、修行完全靠自觉,她需要背诵的经很多,也很虔诚。她家在求吉乡,自己在家时开民宿,又会烧川菜,还考了个厨师证,到红星来是为了帮媳妇管孙子。她媳妇就是护士壮尕拉姆,孙子白玛经常在医院的院子里跑来跑去,和我们一起吃饭。在别的医院的同事为吃饭犯难时,我们却每天换着花样吃川菜,味道绝对不比饭店差,都是朗么阿妈的功劳。她最拿手的是川式毛血旺和干锅排骨,当然,本地的手抓牛羊肉烧得也不错,还会包饺子。因为藏区不吃鱼虾,所以她也不烧给我们吃。高原人民的生活与宗教密不可分,有时我们碰到她和她打招呼,她会过好一阵才跟我们说话,原来她那时正在诵经,是不能被打扰的。她告诉我们，在藏区，可以没钱，但是绝对不能没粮，他们管粮食叫"仁波切"。

12月2日晚上吃晚饭时，我发现好几个同事都穿起了崭新的藏服，他们边吃边聊，显得很兴奋。我问了朗么阿妈，原来今天是燃灯节。安多藏区的燃灯节在藏历十月二十五日。1419年藏历十月二十五日，是藏传佛教格鲁派创始人宗喀巴大师圆寂的日子，为纪念大师，人们将这一天定为燃灯节。这天，凡属该教派的大小寺庙和信众，都要在寺院内外的神坛上、家中的经堂里点酥油灯，昼夜不灭。

我还是第一次见到藏传佛教的节日，很是新奇。到了晚上八点，我们从医院门口望出去，果然看见家家户户都点起了酥油灯。当地人说，在燃灯节前几天，藏传佛教的信徒们就开始做酥油灯了，寺庙里的喇嘛每个人都要做三十盏以上的酥油灯。过这个节，酥油茶是必不可少的，还要吃藏区的特殊食物——糌粑面粥。这是用糌粑面（即青稞炒熟后磨成的面）、茶叶末和少量盐巴等煮成的粥，必须要提前备好。

通向康萨寺的小道上挤满了人。红星镇上的人们都穿上盛装，聚在为佛教大师诵祈愿经的寺院前，法螺、唢呐声交汇，诵唱声响彻大地。喇嘛们在道路两侧、佛塔周围、殿堂屋顶、窗台、佛堂、佛龛、供桌等能点灯的地方，都点上了一盏酥油供灯。信徒高诵六字真经，手里的经筒飞转,诵经声缕缕不绝,向神灵祈愿、磕头,并到神塔前高诵祷词,举行盛大的煨桑仪式。煨桑炉上白烟蒸腾,直升夜空。远远眺望,寺中那一盏盏排成一字形或宝塔形的供灯犹如繁星落地,把夜晚照得一片明亮。

第二天仁青夺机迟到了,为了过节,他昨晚忙到十二点多。我们兴奋地和他谈起昨晚的见闻,他告诉我们,如果多待些日子,还能看见每年藏历正月的默朗木法会、放生节,正月十三壮观的晒佛节,正月十五的酥油花灯会和正月十六的转香巴。节日期间有辩经、祈愿、经乐、喇嘛舞、金刚舞等,非常热闹。他说得眉飞色舞,我们也听得心生向往。

十、藏医旧事

卓科院长回来了。

他高高瘦瘦，皮肤偏黑，前段时间，他一直在县里、州里为医院升格成县第二藏医院的事奔忙，积极申请专项资金。因为阿坝州宣传部来医院拍旦科大师的生平事迹，他特地请假从马尔康赶回来。

采访组先到阿坝州藏医院，再到若尔盖县，然后分两拨人马，一拨到红星镇，另一拨到甘肃夏河县。随着采访的深入，一位品德高尚、医术精湛的藏医大师的形象在我心中渐渐丰满起来了。

旦科全名旦增东珠，1933年出生在热当坝乡（即现在的红星镇）塔哇村一个贫苦的牧民家庭，他的父母是虔诚的佛教徒，忠厚、勤劳、勇敢，日出而作，日落而息，整天和牛羊打交道。在贫穷的环境里成长起来的旦科，从小养成了坚强刚毅、永不服输的性格。他六岁时被送进了康萨寺，在藏传佛教寺院做了小喇嘛，佛名洛桑琼焦尔，在寺中学习藏语基础和佛学知识。因为聪颖好学，在同龄人中出类拔萃，1949年，他被推荐到甘肃省夏河县高僧旦巴门下深造。那时生活条件很差，为了维持生计，旦科有时还得靠乞讨度日，然而他并不自惭形秽，而是利用业余时间加倍努力地学习，探索、思考和研究藏学。由于刻苦好学，旦科的藏学水平提高很快，成了旦巴数百名学生中的尖子生，后来进入夏河县拉卜楞寺系统地学习了五部大论和《四部医典》，学到了大量的佛学知识和藏医学知识，有了很深的藏学造诣。出师后，他回到热当坝，亲手创建了热当坝乡藏医院。之后，他走遍青、甘、川交界处的山区，对藏药植物进行全面普查，并对其特征、性味、功能及疗效等进行深入研究。过去，藏医药被认为是封建迷信，大量典籍、资料被毁。旦科清醒地意识到，长此以往，藏医药学可能会有失传的危险。他冒着风险，用以物换书的方式，换得了很多宝贵的经典藏医药书籍，以此来挽救藏医药学。1979年，他又到西藏进修深造，接受了著名藏医学家贡嘎平措、土登次仁等人的教导。在西藏深造期间，他以渊博的知识和精深的藏医药学造诣，赢得了藏医药学专家的一致认可，专家们送给他一个"安多神医"的称号。

旦科大师精于藏医内科、外科，擅长治疗内科杂症及慢性骨髓炎、骨结核等。作为新时期藏医药学发展的主要奠基人，他善于接受新事物，能借鉴中医学的精华，结合传统医学的特点发展藏医药学理论，名声在整个安多藏区妇孺皆知。他坚持不懈地致力于藏医药理论研究，翻译整理了大量的古今藏医药著作。他先后编纂了十七万字的《藏医临床经验》、二十万字的《藏医验方汇集》等；同时组织编写了藏医中专教材十三本，还对《四部医典》进行了校勘、整理、汇编。以上成果受到国内专家、学者的高度评价。为继承和发掘藏医宝库，解决藏医后继乏人乏术的问题，旦科和若尔盖县藏医院其他知名藏医药专家一起，主动承担了阿坝卫校藏医班的教学任务，先后为国家培养藏医工作者近三千人、国家级名老藏医继承人四名、省级名老藏医继承人六名，学生遍布甘、青、川、滇、藏。

旦科大师在藏药的研制方面也取得了显著成就，研制出了多种治疗消化系统疾病、高血压、糖尿病、慢性骨髓炎、肺心病、妇科病等的新型藏成药，深受患者的欢迎。1985年，在他的主持和指导下，专家们对名贵藏药"七十味珍珠丸"进行了移制试验工作，经多次反复试验，于1986年6月获得成功。"七十味珍珠丸"投入市场后，受到各族群众的好评，取得了明显的社会效益和经济效益，荣获四川省科技进步奖三等奖。他研制的名贵藏药"仁青佐塔"等填补了安多地区名贵藏药制剂生产的空白。

经过数十年的风雨，旦科终于成了一名令世人景仰的藏医大师。

旦科大师先后获得过国家、省、州授予的多种荣誉称号：1985年获卫生部"全国文明医生"称号；1990年被四川省人民政府授予"全省民族团结先进个人"称号；1991年享受国务院特殊津贴，同年被卫生部授予"藏医学专家"称号；1994年获"全国民族团结进步模范"称号；2006年获四川省首届"十大名中医"称号；2014年获四川省首届医学成就奖。

卓科院长也是塔哇村人，十四岁起就跟着恩师旦科学医。他告诉我们，面对荣誉，旦科大师并没有安于现状，而是以更加认真的态度面对患者，从事教学和人才培养工作。前几年，尽管年事已高，旦科大师还到甘肃省藏医药研究院、甘肃拉卜楞寺、青海塔尔寺和四川阿坝州藏医院等地讲授藏医药知识。

在藏族人的心目中，至上者莫过于老师。卓科院长说起恩师，双眼中就充满着敬意："当时，办藏医班的条件很艰苦，全教室只有一条长板凳，二十多名学生只能有五个人坐在凳子上，其他人都坐在地上。黑板也很小，连教室都是借的农村信用社的房子。恩师晚年回到红星，就是想落叶归根，也希望把红星卫生院建设好，更好地为老百姓服务。"

晚上，我躺在床上辗转难眠。当初，我被分配到嘉兴市王店镇人民医院工作时，一开始心里很失落，要求做眼科医师，希望自己能够在小专科上获得成就。正好那时的五官科主任是钱关阳前辈，他又是我们郊区（现在的秀洲区）的人大代表，不管在王店镇还是郊区，都享有很高的声誉。他几乎天天加班，对待病人如亲人般热情、耐心，所以当时不管门诊量还是手术量，他在我们区均名列前茅。时至今日，近九十岁高龄的他仍然在我们医院坐眼科门诊。

由于医院内科医生紧缺，我只在眼科上了一个星期的班就被调到内科工作，到了内科以后，我一直跟随张学义主任学习内科临床诊疗。张学义主任是我们嘉兴地区的资深内科专家，在基层医院率先开展纤维胃镜检查。每次三级查房，他都提前一天查看病历，查询文献，当时还没有电脑，他只能辛苦翻阅书籍和杂志。他在五十多岁时，还和年轻人一起去浙江医科大学读大专。在工作中，他带领我们抢救了大量危重病人，确诊了多例内科疑难病例。他退休以后，还一直帮助多家基层医院开展专科门诊。

我到了红星镇以后，收到爱人发来的微信，她告诉我：张医生因为肺癌复发，住院了。今年距离他第一次做肺癌治疗手术已经整整十二年了，本以为已经治愈，但想不到意外还是发生了。询问之下才知道，他因为咳嗽，到我们医院查了肺部CT，发现有肿块，立即到荣军医院做穿刺，病理证实是肺癌复发。到了11月，病情进展迅速，他很快就住进了新安医院。我爱人去看望过他，还拍了照片在微信上传给我。张医生看上去精神还不错，只是因为喉返神经受压迫，已经发不出声音了。

　　张医生既是我的同事，也是我的恩师。在我的印象中，他是个对医疗事业极度热爱的人。刚工作时，有时晚上值班，碰到肝硬化、门脉高压患者吐血不止，必须要插三腔二囊管，我们经常会插不进去，于是一次次地把他从家里叫回来协助抢救。他总是骑着一辆永久牌二十八寸自行车，从船厂滨医院宿舍赶到医院内科病房，风雨无阻。

　　二十世纪九十年代初，他又率先在基层医院开设了糖尿病专科门诊，这也是秀洲区首次开设糖尿病专科门诊。他还组织内科同事，为王店镇四十岁上居民免费进行糖尿病筛查，短短一个月，新发现糖尿病患者十四人。可以说，这个举措为王店镇人民医院的慢性病管理奠定了扎实的基础。他总是对我说：良医处世，不矜命，不计利，应尽己技之所极，以使患者获益为根本，实施救治。

　　每当夜深人静，当年在一起工作的场景总是浮现在眼前。

十一、走近藏医

　　藏医门诊就在我们诊室的隔壁，每天上午九点半不到，就会有来自降扎和麦溪的病人在走廊上等候了。还有一部分病人是从甘肃迭部和玛曲来的，他们看完病配好药，还要赶公交车回去。相比之下，本地的病人反而来得晚。

　　在藏医门诊坐诊的主要是泽巴扎西副院长，如果他外出开会、参加培训或者出诊，就由杨忠吉医生坐诊。卓科院长我碰到过三次，医院有重要的事情时他才会来。

　　我仔细观察过他们的接诊过程，主要是问诊、切脉、看舌苔，有时碰到发热、高血压患者，他们也会用体温计和血压计测量体征。碰到发高烧的儿童或病情比较重的老年人，他们会请我们会诊或者转诊过来。

藏药房就在楼下，每次开好处方，他们就要到楼下取药。对一些发生感染的患者，他们还会开青霉素、庆大霉素进行静脉输液治疗。一开始我也好奇，问德刚："藏医开抗生素输液治疗，剂量和适应症他们怎么来把握？"德刚告诉我："他们开的抗生素就是青霉素、庆大霉素和头孢唑林三种，感染性疾病还是得用抗生素治疗。另外，他们还会辨证施治，开清开灵针剂和生脉针剂输液治疗。主要还是这里的老百姓比较相信输液治疗。"

藏医对单独坐诊要求严格，特别是在年资、职称上。他们开的处方是用藏文写的，我看不懂。除了三位高年资的医生独立坐诊外，尚州降措有时也坐门诊，他从青海藏医学院本科毕业也有十年了，现在是医务科科长兼院长助理。我经常看到藏医们拿着一本厚厚的书在诊室研究，问了泽巴扎西，说是《四部医典》。《四部医典》又名《据悉》，是藏医药学奠基著作，成书于公元8世纪，由著名藏医药学家宇妥·元丹贡布总结传统藏医药理论和治疗经验，吸收中医及印度、中东等地医药学的精华编著而成，后经历代许多藏医药学家的修改、增补、注释、整理更趋详细完整。千百年来，藏医药学伴随着藏传佛教的发展而发展，藏传佛教的高僧一般对藏医药学也有着很深的造诣，在西藏拉萨布达拉宫右侧的药王山上，有专门传授医药学知识的门巴扎仓（藏医学院）遗址。藏医药学浓厚的宗教色彩实际上体现了藏医药学与藏族天文历算学之间的密切关系，同时，它还包含了心理疗法、暗示疗法等现代医学和心理学内容。

藏医药学是一套独立的医疗体系，距今已有数千年的历史。据记载，西藏最早流行的一种医学叫"本医"，当时还没有系统的理论，主要靠放血法、火疗法等来治病。同时，还用酥油止血，用青稞酒治疗外伤等。公元4世纪，天竺著名医学家碧棋嘎齐和碧拉孜入藏，带来了《脉经》《药物经》《治伤经》等五部医典，对"本医"的发展起了积极的作用。公元6世纪，从中原传来了医学和天文历算；7世纪，文成公主远嫁吐蕃的时候，除带去了大唐的文化，还带去了中原的医学典籍，所以中医的医学理论和治疗方法也融合进了藏医药学之中。后来，藏医学者又到印度学医，于是藏医中又融入了印度医学。藏医的诊断方法与中医有许多相同之处，但也有自己的特色。中医的望、闻、问、切，藏医都有。但藏医更注重尿诊，要求收集清晨起床后的第一泡尿做标本，把尿放置在银碗中加以搅拌，然后观察尿液的颜色、泡沫、气味、漂浮物、沉淀物及添加其他物质后的变化，以此来诊断疾病。此外，藏医治疗时除使用植物药、动物药、矿物药等外，还配以穿刺、放血等疗法。

与设备复杂、价格昂贵的西医相比，传统藏医的诊疗费用相对较低，因此受到基层藏民的普遍欢迎。藏医治病一般疗程较长，也能做到根除病灶。对于很多需要长期治疗的慢性病，一个月的药费往往也就几十元钱。藏药之所以价格便宜，很重要的一个原因就是"医药不分"——藏医既是医师也是药剂师，所有的医生都懂得用草药。在植物茂盛的季节，卫生院里的医生们会亲自上山采药材，然后回卫生院把药材加工成药品。这样就降低了成本，减轻了患者负担。藏医理论相对复杂，且学习需要较长的实践过程，因此，藏医的培训周期较为漫长。基层医护人员的待遇相对较低，这也是年轻人不愿学习藏医药学的原因之一。

"现在还做尿诊吗？"我还是有点好奇，就问泽巴扎西副院长，在藏医中，他看病和出诊的次数是最多的。

"有，一般都是上午到藏民家出诊时才做。以前在住院部的时候，早上查房时也可以做。"

他还告诉我，在现代医学的启示下，规模较大的藏医院开始分科诊治。在县级藏医院，已设立内科、妇科、外治科、儿科等，同时根据医院的特色还成立了专病专科，如胃病、肝病、糖尿病等专科，都取得了一些宝贵经验。从藏医发展史看，分科诊治是一大进步，它代表着藏医诊断学的发展。由于医生们亲自上山采药材，然后回医院在制剂室把药材加工成药品，降低了医院的成本，再加上有各级财政补贴，医生的待遇已经明显比过去提高了。

十二、神奇藏药

　　每次来西药房为病人配药，总是要路过藏药房。刚开始还是有些拘谨，和藏医们只是点个头打个招呼，后来一起在食堂吃饭次数多了，也就熟悉了。负责藏药房的是三位藏医，见到最多的是朗卡让么和扎西尼玛，如果他们两人中有人休息，就由卓玛措来代班。因为我有高血压，有一段时间经常头痛、失眠，于是让朗卡让么看了一下，她给我配了一盒二十五味珊瑚丸，每天一丸，连服三天后头果然不痛了，睡眠也好多了。

　　"你们都是医生吗？"我问朗卡让么。我一直以为他们几个都是藏药专业药师，但是看到他们的胸牌时才发现，他们都是藏医助理医师。

"我们都是学藏医的，从正规医学院毕业的。"朗卡让么告诉我。

"那么你们平时为什么不去藏医诊室坐诊？"我没看到他们在隔壁诊治过病人。

"我们的资历还不够，要参加考试，起码要考出藏医师职称才能出诊。"看来，做一名藏医师远比我想象中要复杂。

"那你们平常出去采药吗？"我还想求证一下。

"当然啦，每年的6月到8月我们都轮流出去采药。我不喜欢采三七，它分布不集中，东一个西一个。党参根太长，也不好挖。为了挖药，双手被刺得鲜血淋漓是常有的事。"她伸出手给我看，又说，"有一些采药人不了解植物哪些是药用部分，把很多名贵药材连根拔起，破坏了生态环境，现在也不允许了。"

"这里有冬虫夏草和藏红花吗？这些年，这两种药热门得很。"

"有，但现在已经很少能挖到了。藏红花很多也是人工栽培的。这里也有很多人出去挖虫草，一出去几个月，家养的狗只能放出来让它们自己觅食，所以流浪狗这么多。"她说。原来，流浪狗和草药之间还有这样的联系。

我以前只知道外科经常使用的一种叫独一味的药是藏药，到了这里后才发现藏药的品种很多，作用非常广泛。有史以来，藏区就是我国药用植物的一大宝库。据初步统计，藏区野生药用植物资源有千种以上，其中冬虫夏草、贝母、三七、天麻、灵芝等为畅销国内外的名贵药材；海南粗榧、红豆杉、鬼臼、八角莲、软紫草、纤细雀梅藤、野百合等为有开发潜力的抗癌药用植物。此外，还有砂仁、钩藤、秦艽、重楼、麻黄、黄连、柴胡、当归、黄芪、党参、乌头、大黄、三颗针、雪莲花、五味子等各类药材。藏区的药用植物种类虽然很多，但各种植物的分布地区不一样。若尔盖县生态环境独特，拥有丰富的中药材资源，盛产冬虫夏草、松贝、甘松、大黄、秦艽、雪莲花等名贵中药材。医院自己做的藏成药有五种，藏草药有一百八十多种。最为出名的是旦科大师用来治胃病的藏成药，很多病人是特地从迭部和碌曲赶来配这种药的。

　　我又查阅了相关藏医著作。藏药理论认为，药物的生长、性、味、效与五源即水、土、火、风、空有密切关系，而药物的性、味、效是临床用药的理论基础。藏药在临床应用时，采用复方甚多，单味药很少。藏医组方讲究君、臣、佐、使的配伍，君药是方中主药，臣药为方中主药之臂，佐、使则根据主导药的味、性、效配伍。另外，藏医强调，用药时必须根据病的属性来组方。病有其性，药亦有其性，同性治之（如寒性病用寒性药）必遭其祸，对性治之（如寒性病用热性药）必得其愈。在藏医理论中，异性对治是首要原则。同理，温与凉、润与糙、稳与动、轻与重等均互为对治。因此，配方制剂时，要把起作用的药物加在一起，全面考虑。吃藏药时，需直接服用药粉，因此，配药时会把药一小袋一小袋地分开，难怪常看到病人回去时手里拿了好几个装药粉的袋子。

朗卡让么还告诉我："由旦科大师牵头、我们医院研制的夏萨德西丸、夏萨肝康丸、夏萨降糖丸等夏萨系列药品，被这里的老百姓视为灵丹妙药，供不应求。特别是夏萨德西丸，是藏药验方，治疗胃病、浅表性胃炎、胃溃疡、萎缩性胃炎疗效稳定可靠。"

我还问她："夏萨降糖丸里有没有降血糖的西药成分？"因为以前有一种降糖药号称中成药，其实里面含有格列本脲，有的老年人吃了，会产生低血糖反应。

"肯定没有，我们的药丸都由我亲自参与制作，是纯藏药做的，你尽管放心。"她回答得非常肯定。

十三、特殊会诊

连续晴了一个星期以后，天又开始变得灰蒙蒙的。这天，我们刚刚吃过早饭，天空又开始飘起了雪花。

走到门诊楼，已经有十几个患者等在藏医门诊门口了，有两个有点眼熟，应该是来复诊的。我们西医门诊还没有人来。我和汤杰坐下来没多久，尚州科长就来叫我们："山老师、汤老师，过来一下。"

原来今天是卓科院长出诊，难怪病人比平时要多。藏医门诊的诊间面积和我们西医一样大，一面墙上贴着足足占据三分之一墙面的画，上面都是藏文，有许多人体示意图和三棵大树，图上的人体形态各异。藏医诊间里的桌子、椅子和柜子都是原木制作的，看上去古色古香。两张桌子并排放置，桌面上放着血压计、听诊器和体温计，没放电脑，非常整洁。

看到我们来了，卓科院长让病人等一下，站起来从抽屉里取出了两条白色的哈达："欢迎你们的到来，这里条件艰苦，不能和你们那里比，请多多包涵，有困难尽管提出来。"

"谢谢院长，我们已经基本适应了。"我们双手接过哈达，有点不好意思。

"饭菜还吃得惯吗？晚上睡觉冷不冷？"他对我们的生活很是关心。

我们已渐渐适应了这里的日子，一番寒暄后，卓科院长忽然提议："要不你们俩也过来，坐我对面，我们一起看病，来个藏医和西医合作诊疗，碰到疑难疾病也一起商量商量，我也正好可以做翻译。"这个建议出乎我们的意料，虽然意外，但转念一想，觉得正可以相互借鉴，我恰好也没见过藏医的诊疗过程，便答应下来。

我们拿来自己的听诊器，搬了椅子在他对面坐了下来，何德刚到马尔康市培训去了，还没回来，我们就叫上仁青做翻译，就这样开始接诊。藏医的接诊和中医相似，首先是问诊，然后看舌苔，切脉，碰到年龄大一些的会测量血压，如果患者肚子不舒服就按一下肚子，也有开输液的。卓科的速度很快，排得满满的患者一下子变少了许多。因为生活在高原，藏族的中老年人皮肤黝黑，穿着厚厚的藏袍，疾病主要以胃病、支气管炎和高血压为主，但是令人惊奇的是，这里高血压发病率远比沿海地区要低，但是相对应的慢性病管理却不是很规范。

十点钟左右，人明显多了起来，来看西医的感冒患者有七八个，还有需要清创换药的，我们也很快处理好了。来这里配感冒药的人都指定要三九感冒灵冲剂，有时我根据他们的病情开了感康和清开灵，他们还不接受，一个劲喊："九，九，九。"

康萨村的扎科老大爷，以前有高血压，因为自觉没什么症状，一直不肯服药，最近一个星期总觉得头涨，到卓科院长这里看门诊，一量血压，收缩压达200毫米汞柱，舒张压110毫米汞柱，血压太高了。卓科院长有点不放心，便让我一起会诊。我按照测血压规范，让他休息了10分钟，再量了一次，还是没有变化，他已经达到3级高血压了，随时会引起心力衰竭或者脑血管意外。我让仁青去西药房看一下有没有硝酸甘油针或者酚妥拉明针，却没找到。我只好让他先吃缬沙坦和苯磺酸氨氯地平，休息1小时再量，血压略有下降，便给他各配了一盒。卓科院长又给他开了两盒二十五味珊瑚丸，叫来杨兰做了个慢性病登记，就让他回家了。但是我的心里一直不太踏实，害怕他哪一天会发生脑中风。藏区的老百姓对高血压的认识还非常有限，听说降压药要长期吃，就有点忌讳吃药。

昨天因为腹泻来看病的甲科又来复诊了。他是从降扎过来的，配了藏药吃了以后，腹泻一点也没好，还有点发烧，昨晚到现在大便基本上一小时一次，解出来的已经是黏液样血便了，患者要求输液治疗。卓科院长问我西医一般怎么考虑和治疗，我分析认为，现在已经是11月底了，天气寒冷，按照季节来看，细菌性痢疾可能性不大，当然也不能排除，其他需要考虑的是侵袭性大肠杆菌感染或者溃疡性结肠炎。我让患者在椅子上躺好，解开腰带，腹部放松，接着从脐周开始进行触诊检查，患者左下腹有痛感，却没有摸到肿块，应该是炎症引起的疼痛。我给他开了阿米卡星针输液加左氧氟沙星口服，如果是细菌性痢疾或者感染性肠道疾病的话，应该能好转，如果连续治疗三天都没有效果，就必须考虑溃疡性结肠炎了，最好到阿坝州医院做结肠镜和粪便检查以明确诊断。为了改善病情，我又给他开了肠炎宁片口服，并反复叮嘱他要及时复诊或者到州医院去诊治。卓科院长全程帮我做翻译。

到了下午四点钟，刚刚忙完内科病人，又来了一个五岁的小女孩。她在幼儿园回家路上被一条流浪狗咬了，面部受伤，牙齿印很深，皮肤已经破损了。仁青告诉我，在他们这里，被狗咬伤是很常见的，几乎每天都会发生。因为在牧区，藏民家里都养狗，大街上流浪狗成群结队，肆无忌惮。小孩子放学回家时，如果跑来跑去，狗就会追着咬，据说去年组织打过一次流浪狗，但是收效甚微。汤杰医生给她清创包扎后，嘱咐她到县疾控中心去打狂犬病疫苗，但是这里的人没有打破伤风和狂犬病疫苗的习惯。

　　来若尔盖之前，我们医院连续发生了几起医疗纠纷，患者及家属抓住医院流程上的缺陷或者服务态度问题闹事，最后我们在卫健局和镇政府的协助下，通过艰难的谈判和协商，总算解决了。我就当前医疗系统的热点、难点问题向卓科院长做了请教。他给我们介绍了藏区处理纠纷的办法：这里每个乡镇都有一个协解委员会，由政府的工作人员、村民代表、寺庙里德高望重的喇嘛或活佛组成，如果有纠纷，可以通过协解委员会来调解，活佛在这里享有很高的权威。

十四、技能辅导

今天吃晚饭时，我碰到了德阳市罗江区中医院来支援的蒋恩医生，他和杨兰老师是同事。因为是副主任医师，他每个季度要来这里两周。我和他握了握手，他人不高，但是手指修长，指甲修得整整齐齐，手一握就知道是个外科医生。蒋恩到罗江区中医院之前，曾经长期在卫生院工作，是一名具有全科技能的外科医生，因为长期在基层医院工作，他的基本功很扎实。

蒋恩医生雷厉风行，上午一上班，就带着一大叠资料来了。有针对何德刚和仁青夺机的试卷，有疑难病例讨论，有每个月两份的完整大病历，还有业务培训的计划和资料。

他是今年二月开始对口支援纳木中心卫生院的，当然，现在纳木中心卫生院已经跟红星卫生院合并了，改为若尔盖县第二藏医院。按照四川省卫健委的要求和德阳市卫健委与阿坝州之间的协议，通过三年的扶贫帮困，要把这里乡镇卫生院的医疗水平提高到与经济发达地区卫生院相同，因此，各地派出的医护人员也都是高年资的。他来这里以后感到困惑：这里的三名医生都是低年资的，其中两位刚刚工作三年，专科毕业，没有绩效考核，工作没有积极性，学习氛围又不好，自己也不刻苦，连执业助理医师证书都考不出来。仁青夺机今年十月才参加工作，基本上什么都不会，要重新教起，他问我："我要达到你们沿海地区医生的水平，现实不现实？"我想，首先是观念要改变，不能混饭吃；其次，绩效考核一定要跟上去，不然等于养懒人；最后，还是需要加强管理。

何德刚在网上买了一套执业助理医师考试辅导材料，有视频教学直播，他每天看一小时，据说花了三千多元。视频里正在讲支气管哮喘，大概有些学员对讲课内容不太满意，提了不少意见，授课老师发了火，还不断地贬低其他辅导课程。我要他关掉视频，和他聊起了执业助理医师的考试。其实执业助理医师考试真心不难，能否通过主要取决于考生本人的态度，如果能够静下心来看书，一般都能考出来。接着，针对肺结核和支气管扩张的诊疗，我又给他们俩辅导了一遍。

虽然医院目前不进行手术，但是由于在牧区，受外伤的人不少，再加上常见的皮肤感染、小肿块、狗咬伤等，如果想要开展相关业务，患者还是有的。关键是人员培养要有针对性，譬如医生要学会拍片、做B超和拉心电图，再加上会化验血常规、尿常规，那样就可以开展手术了。蒋恩和汤杰负责辅导清创、缝合、止血等外科基本技术，用一块棉布包起海绵固定在一块木块上，然后用持针器夹好外科缝合针连续缝合，再用止血钳夹住"伤口"，局部缝合并模拟止血。蒋恩还带来了洗手、消毒、戴手套的教学视频，仁青和德刚看得聚精会神。

蒋恩带来的疑难病例有四个，每季度一个。第一季度是梗阻性黄疸，最后确诊为胆总管结石，他还把B超和CT片子也带过来了；第二季度是急性胰腺炎，是由高甘油三酯引起的胰腺炎；第三季度是腹部外伤，最后经手术探查确诊为小肠穿孔；第四季度选了一个不典型的阑尾炎病例，是高位阑尾炎，痛在右上腹，到出现腹膜炎了才手术，最后明确诊断。病例都很好，非常有学习价值，让我也学到了很多外科领域的知识。

我负责心肺复苏术的辅导。首先，我讲解了心肺复苏的概念及意义，心肺复苏术就是通过胸外按压、开放气道、人工呼吸来维持患者最基本的血液和氧气供应，以保证重要脏器的供血，尤其是脑供血。一般情况下，发生心脏骤停以后，需要立即进行心肺复苏，争取在最短的时间内，保证患者的氧气以及血液的供应。同时，要开放气道进行人工呼吸，尽早进行电除颤。早期的心肺复苏非常重要，如果说能够在四分钟以内进行心肺复苏，那么抢救成功的可能性可达百分之五十以上；如果在六分钟左右进行心肺复苏，那么抢救成功率就会大大降低；如果十分钟以后再进行心肺复苏，那么抢救成功率只有百分之五。所以说心肺复苏，越早越好。仁青问我有没有心肺复苏成功过，我说："大多数时候不成功，特别是老年人慢性疾病的终末期，或者心跳停止时间太长的。近五年内有两个成功案例：一个是一家电气公司的电工在安装设备时发生漏电，电击导致心脏骤停，我们整整复苏了一个半小时，心跳恢复后把他转到了嘉兴一院，在重症监护室再抢救了一星期，完全康复；另一个是在我们医院做无痛人流的患者，静脉麻醉时先呼吸抑制，接着心跳也停了，那时候我们非常紧张，后来通过心脏按压和人工呼吸把人救了回来，患者及家属还算讲道理，协商后我们补偿了一部分医药费。"

　　因为没有模拟人，我们就用一床被子作为道具。我按意识判断、检查呼吸、模拟呼救、判断是否有颈动脉搏动、进行心脏按压这样的流程来教学。为成人进行心脏按压，频率至少每分钟一百次，人工呼吸时尽量使用简易呼吸囊，一手固定，一手挤压呼吸囊，频率每分钟八到十次，操作五个周期。之后判断复苏是否有效，要听是否有呼吸音，同时判断是否有颈动脉搏动。我又用手机搜索了一个视频，叫仁青夺机和何德刚看了一遍后再进行训练，并对每个动作进行了辅导。在进行心脏按压时，仁青的手指老是张不开，肘关节还是不直，我急得差点踢他屁股。从操作的情况来看,何德刚要老练一些。我又让他去老的住院部找找心脏除颤仪,按照医院考核的要求,每家医院应该都备有一台。

下午杨兰也到我们诊室来了。电脑在我们的诊室,慢性病诊断、治疗、随访的情况都在电脑里。因为考核的周期是一年,而仁青夺机只来了两个月,考核何德刚的概率很高,这一次主要考核对糖尿病、高血压的管理,考试成绩关系到对医院的财政拨款。考核是随机从电脑的慢性病管理系统中抽取五名患者,然后到村民的家里现场复核,看病历是否真实、规范。杨兰把在管理的高血压患者和糖尿病患者的名单打印出来,逐项辅导两位医生,包括怎样往系统录入信息、怎样跟病人解释。我一看,高血压患者有八十多个,糖尿病患者只有十七个,整个镇的人口有六千多,慢性病发病率还是低的,很有可能是在平时诊疗过程中没发现。随访工作量不算大,花一个下午就可以全部做完。难点是有些患者在甘肃或者西藏打工,联系不便,随访记录只能先填了已有部分再说。

十五、年终考核

　　若尔盖县卫健局要来医院年终检查了，大家一早就忙碌起来。每年的年终考核关系到医院的绩效和政府公共卫生资金拨款，特别是对于接受精准扶贫对口支援的单位，检查涉及扶贫专项资金的使用和管理，重要性不言而喻。明天上午是针对对口支援传帮带的考核，下午是针对公共卫生和基本医疗的考核。

　　蒋恩医生之前让何德刚和仁青夺机做的试卷也正是为了应对考核，但结果都不太理想，两人都只有六十分上下，于是我们对他们进行了辅导，之后再做一遍，总算到了八十分左右。

　　医院的工作人员一下子多了好多，尚州降措和斗尕甲在洗救护车，明天检查精准扶贫、慢性病管理和预防接种项目，都要下村核实，要确保汽车能够正常行驶以便带考核组的人员下村。

"山老师，你们那边有年终检查吗？"德刚问我。

"当然有，我在自己医院是分管医疗工作的，所以对基本医疗这一块还是熟悉的。但公共卫生和慢性病管理是另外一条线的，不知道在这里是怎样检查的。"我其实也想知道少数民族地区的基本卫生工作是怎么一个情况。

下午，仁青和德刚被抽调到公共卫生科帮助整理慢性病管理档案和做随访，护士能么休去整理合作医疗的台账，药品划价、发药就都由我负责。最近感冒和秋冬季腹泻患者有所减少，受外伤的也不是很多，整个下午就六个患者，以配药为主，时间完全来得及。到了吃晚饭时，大家都显得有点兴奋，首先是因为检查是对一年来工作的梳理和总结，其次，检查一结束，就可以安排休息了。如果考核成绩优秀，还可以得到相应的奖励。

第二天早上十点半，检查组到了，上午主要还是检查德阳对口支援、精准扶贫和传帮带工作，由县卫健局副局长带队。材料由蒋恩医生和杨兰老师提供，何德刚和壮尕拉姆配合参加考核。检查组通过听取汇报、查阅材料、现场核实、书面考试等方式，对医院2018年精准扶贫和传帮带工作完成情况进行深入检查，并及时指出问题，要求立即整改。

考完后，何德刚显得有点不安，因为考核分不合格、合格和优秀三档,如果考核成绩不理想,会影响指导老师的奖励。我安慰他:"尽力了就好,根据考核的方案,咱们没有大的失分项,合格肯定是有的。"

我本来也想去看看他们的检查过程,刚刚站起来,就来了一个重病患者,是一个叫盖西措的藏族老太太,来自塔哇村,今年已经七十九岁了,是个孤寡老人,侄女陪她来的。她一坐下来就气急,不停咳嗽,嘴唇发紫;两肺听诊全部都是干湿性啰音,心率一百二十次每分钟,双下肢浮肿,一看就是慢性阻塞性肺病加右心功能不全。由于家属和她本人一点也听不懂普通话,我无法进行有效沟通,平常承担翻译工作的仁青夺机在考试,我只能马上请藏医门诊的杨忠吉医生来帮助翻译。原来老阿妈的慢性支气管炎病史已经有二十多年了,每年天一冷会就发作,发作后就来医院输液,但是从来没有正规检查和治疗过。就医院目前的条件,住院病历和住院医嘱我可以写,但是住院部连收费系统都没有建立,晚上没有值班护士,德刚和仁青都没有执业助理医师证书,最麻烦的是,有医疗设备却没有人会使用。我根据病史和体格检查,明确诊断老阿妈为慢性阻塞性肺病急性发作、肺心病伴高原性心脏病、心功能衰竭。我建议她到县医院住院治疗,没想到家属强烈要求在这里治疗。实在没办法,我根据病情给予抗感染、平喘、化痰、扩血管治疗,又让护士灌了一袋氧气在输液时给她吸,但愿在输液时不会发生意外。诊疗刚刚结束,若尔盖县卫健局的红霞副局长就来看望我了，问我生活上和工作上有什么需要帮助的。从个人角度，困难我都能克服，所以也没什么要求可以提的。中午我也不休息，多次到输液室看望老阿妈。到了下午一点，输液结束时，她的气喘也好了一些，便准备回家了。她弯着背拉着我的手连声说："让坦（谢谢）。"我叮嘱她明天必须过来复诊，继续治疗，她爽快地答应了。

下午二点，考核基本医疗和公共卫生的专家组到了，首先对医院的环境做了检查。考核要求院内保持整洁的就医环境；在科室布局方面要求"以病人为中心"，力求医疗服务流程畅通合理；检验科、影像科和门诊挂号室要集中在门诊楼一二层，方便群众就医；门诊科室和新农合服务窗口要宽敞，方便人员流动，一般情况下，服务对象等候时间应不超过十分钟；医技科室向服务对象公示承诺，对常规检验、心电图、普通影像、超声等检查项目及时出具结果。我们昨天和今天早上都做了准备，搞了卫生；至于科室的布置，也没什么太大的问题。最困难的是公共厕所要求清洁无异味，这里没有自来水，没有专职人员搞卫生，粪便也无法及时处理。

随后，检查组又对病历、院感、护理、药事等基本内容做了细致检查。检查中发现，医院能够落实医疗质量和医疗安全的核心制度，规范临床诊疗行为；能够以病人为中心，持续改进医疗质量；能够开展医护人员临床基本技能、药物合理应用、医院感染控制技能和病历书写质量等相关业务培训。

公共卫生是国家卫生工作的重点，检查组主要查的是居民健康档案，特别是妇女、六岁以下儿童、老年人、精神病人、慢性病人等重点人群。考核要求医院在居民自愿的基础上，通过进村入户上门随访、门诊等形式，为辖区常住人口建立统一、规范的居民健康档案。健康教育、预防接种、传染病防治主要是查台账资料，然后到村里核实。孕产妇保健由卓玛措负责，这也是检查的重点。按照相关规定，负责人每年至少要为孕产妇免费开展五次孕期保健服务和两次产后访视；对孕妇要进行一般的体格检查及孕期营养、心理健康等健康指导，了解产后恢复情况并对产后常见问题进行指导。难怪她经常外出，这项工作一个镇就她一个人在做。红星镇每年新增孕产妇一百多人，她经常下村，还要到藏药房和制剂室帮忙，工作确实挺忙的。

对慢性病管理的检查主要检查对高血压、2型糖尿病等慢性病患者和高危人群的健康指导。仁青夺机这一个星期都在根据处方登记门诊病人信息，因为医院还没开展信息化建设，只能先手工登记，再对三十五岁以上人群实行门诊首诊测血压进行补录。对确诊高血压和糖尿病患者的管理则由杨兰指导，由何德刚定期进行随访，并对他们的体格、用药、饮食、运动、心理等状况进行检查和指导。截至2018年10月底，医院已登记高血压患者八十一人，规范化管理七十二人；登记糖尿病患者十七人，规范化管理十五人。重性精神疾病患者管理由郎卡拉姆负责，实际管理精神病患者五人，她对这五名重性精神疾病患者都进行了随访和健康指导。年底考核的流程各地都差不多，拿着一张考核表格一项一项地核对，缺项就扣分，然后各条线汇总梳理，不足的地方，下一年改正。下午五点四十分，检查组的工作基本完成，就到会议室集中对存在的问题分门别类给予现场指导，督促相关科室和人员限期整改。卓科院长不在，于是泽巴扎西副院长代表医院表态："本次检查进一步提升了医院的医疗服务质量和公共卫生工作水平，各项目实施人员要进一步强化工作职责，确保工作全面有序开展。一定要按照卫健局的有关要求，切实抓好基本医疗和公共卫生工作。"

考核一结束，大家都松弛下来了。吃晚饭时，泽巴扎西副院长也显得比较放松，杨兰和蒋恩更显得高兴，因为这一轮考核过关，意味着他们的对口支援圆满结束，下个月他们就可以回德阳了。

十六、小小纠纷

　　一年一度的考核结束后，仁青夺机因为要帮家里上山砍柴，就回去休息了；何德刚则要陪蒋恩医生到冻列乡采购藏猪肉，也出去了；我和汤杰留守。

　　下午比较空闲，我拿起《消化系统疑难病例分析》，刚看了两个病例，就来了一名叫卓玛的女病人，二十多岁，是个幼儿园教师，普通话讲得挺流利。她来找仁青医生要求住院，说是前一天谈定的。因为仁青不上班，我就接待了她。但是目前西医的住院系统还没建起来，还不能办住院手续，我就建议她，如果病情不重，在门诊输液治疗比较合适。

　　没想到，她一下子生气了："我之前跟仁青医生说好了要住院的，我要投诉你们。"

"不好意思，真的抱歉，要不你把病历拿出来，我帮你再会诊一下。"我也只能赔不是。确实，之前仁青答应得太草率了。

"上次也是你给我看的，说我是感冒，快一个月了，我还在咳嗽呢。"她还是咄咄逼人。

"请你再相信我一次，我尽量给你解决。"我这时才想起来，月初的时候我曾经给她看过病。她上次来就诊时有发烧、咽痛，要求输液治疗。我当时凭临床经验诊断她是感冒，给她配了感冒药口服，她吃了以后发烧、咽痛都好了，只是一直有点咳嗽。因为去年这个时候她也出现过类似的情况，所以今年比较紧张，就到县医院拍了个胸片，发现肺纹理增多，然后到县城的一家民营医院去就诊，结果接诊的医生告诉她是肺炎，要求她住院治疗，并且需要花好几千元才能治好。

她家在河它村，为了治疗方便，也为了医药费能够多报销一点，就要求到我们医院住院，并且还把那个民营医院开的处方拿了出来，要求我们参考这个处方治疗。看胸片我还是挺有自信的，因此对之前的诊断存有一定疑问，再一看她带来的处方，吓了一跳，居然要使用头孢哌酮加左氧氟沙星静脉滴注，同时还要输清开灵、氨溴索针，完全属于滥用抗生素加过度治疗。

我又仔细询问了她的病史，说是还常常鼻塞和流鼻涕，听完我就有把握了，就是感冒后的鼻后滴漏综合征。于是我跟她解释："你这个病不需要这样治疗，根本不是肺炎，吃点止咳药水再加一支呋麻滴鼻液就好了。"谁知她情绪更加激动了，说我不负责任，明明是肺炎，之前误诊了还不肯承认，连个盐水也不肯开。

在这里，好多老百姓来看病，就直接要求打针和挂盐水，如果不答应，就觉得医生不重视。多年养成的习惯，想一下子改变，是不现实的，抗生素要合理使用这个观念，在这里想短期内建立也不现实。最后我对她说，可以输液治疗，但是药物的选择和疗程必须听我的。这时，泽巴扎西副院长也过来劝慰，好说歹说，她总算安静下来，于是我给她开了头孢曲松针加氨溴索针输液、急支糖浆口服和呋麻滴鼻液滴鼻，问题暂时算是解决了。

晚上吃饭时和蒋恩医生讲起了这件事情，他也觉得这里的老百姓比较相信输液，建立合理用药的观念还有很长一段路要走。不仅医护人员和老百姓要改变观念，对部分民营医院违规逐利的现象更要严加处罚。

第二天卓玛来复诊了，我问了一下，她感觉咳嗽比前几天好多了，想再输几天液，我给她肺部听诊了一下，安慰了几句，按照昨天的处方又开了一天的输液。很明显，今天卓玛的情绪平稳了很多，也接受了我们的治疗方案。

事后我也在反思这次纠纷发生的原因，医院的设施设备落后以致无法进行相应的辅助检查、不能提供住院服务是重要的一方面，民营医院的误导、初诊时我对病情的预判不足和与患者沟通不到位也是一方面。

前几天，卓科院长给我们介绍了在降扎乡发生的一个案例。一个藏族大伯因为慢性支气管炎发作在卫生院输液治疗，没想到发生了严重的输液反应，寒战、高热、神志不清，立即转到县医院急救，经治疗病情总算好转了。大伯在县城的儿子和女儿觉得卫生院没尽到责任，到医院骂医生。这个大伯知道后勃然大怒，把两个儿女狠狠地骂了一通："哪个医生不想治好患者的疾病？如果都像你们一样，谁还敢帮老百姓看病？"他还要求儿女到卫生院向医生道歉。这件事在乡里传开了，大家都觉得这个大伯明事理，他还受到了活佛的赞扬。

其实早在1935年，北平协和医院就吃过一场医疗纠纷官司。侨居天津的外商莱德向法院起诉，说他妻子患癌症，住院四个月后不治身亡，花了五千大洋；同时，因为协和医院缺乏某种治疗设备，只能自行购置，又花了一千五百大洋，加上其他费用，要求医院赔偿一万大洋。最后法院作出了判决，判决书中说，目前医学界对于治疗癌症没有统一标准，协和医院给予原告妻子的诊疗措施，与同时代中国其他医院相比，根本不差，故判决协和医院胜诉。

最近这段时间到了藏区，我也在思考信任、信仰和医疗纠纷的关系。在二十世纪七八十年代，是很少发生医疗纠纷的，医闹更是闻所未闻。患者到医院里就是把自己托付给了医生，医生也是根据病情给予最合适的治疗，从来不考虑个人的利益得失，到最后即使患者去世了，家属对医护人员也非常感激。到了二十世纪九十年代，医患矛盾开始升级了，医闹和医患纠纷常常发生。到了本世纪，医患纠纷更加常见，甚至出现伤医和杀医事件，弄得医护人员人心惶惶，无法用正常的心态面对患者。

来若尔盖之前，我刚处理完医院发生的一起医疗纠纷。其缘于一名肿瘤晚期患者的死亡。这名患者有鼻咽癌病史近一年，曾于外院放疗及化疗，最近出现进食困难，因"阵发性意识障碍"而入院。入院时考虑鼻咽癌晚期合并腔隙性脑梗死、肺部感染。在治疗过程中，患者突发意识丧失，心跳呼吸停止，经医生全力抢救近三小时，还是没有救过来。家属要求医院赔偿三十万元，否则就将尸体停在医院，最后经协调，医院做了适当补偿而解决。

在若尔盖，大部分居民信奉藏传佛教，许多风俗习惯都与宗教信仰有关，相信生死轮回，目前没有听说过重大医疗纠纷事件。其实并不是因为这里的医疗技术好，更不是医护人员素质、医疗设备比沿海地区好，关键还是医患之间相互信任。对医生而言，如何让患者信任自己，是一个值得思考的问题。

十七、急诊患者

　　已经是晚上八点，气温降到了零下十二摄氏度，我已经脱了衣服钻进被子里准备睡觉了，忽然接到一个电话，仁青的声音听上去很焦急："山老师，有个病人你帮忙看一下。"

　　"知道了，来了，来了。"我一边大声回答，一边穿衣服。急急忙忙跑到一楼的观察室，看到有一个学生模样的女孩子弯着腰，表情痛苦，边上陪着一个年龄差不多的女孩子，应该是同学，还有一位年纪大一点的男青年，应该是老师。

　　"哪里不舒服？"我问那个病了的女孩子。

　　"我肚子痛，痛得厉害。"她右手捂着肚子，左手指了一下右上腹，脸色也不太好。

"你先躺下，我来检查检查。"观察室里有一张三个座位的长椅子，一个人躺着正好。我叫仁青去拿听诊器，让她深呼吸，放松心情。我检查了她腹部的情况，主要还是右上腹有压痛，没有反跳痛和肌紧张，肠鸣音正常，双肾区也没有叩击痛。再询问病史，没有腹泻和发热，月经是正常的，大小便也和往常一样。我又问了一下年龄，她今年十五岁，正在读初二。我觉得她得的应该是胆结石，但还是不放心，继续问下去才知道，原来她以前也有过这样的腹痛，到县里查过B超，发现是肝包虫病。

人感染包虫病一般是因为密切接触狗后误食虫卵。虫卵在人的胃、十二指肠内孵化出六钩蚴，此幼虫循门静脉至肝，引发肝包虫病。病情发展至一定阶段，会出现上腹部胀满感、疼痛。更常见的情况是病人因各种并发症而就诊，囊肿的继发性感染是很常见的症状。

"应该还是肝包虫病引起的，最好的办法是到县里查彩超或者进行腹部CT检查，严重的话要手术治疗。"

"那今晚怎么办？"老师也很紧张，"要不要紧？"

"这样吧，我先给她打一针看看，如果好一点就明天去，实在不行只能今晚去了。"我也帮他想办法，"最好向学校的领导汇报一下，让学校准备一辆车。"

我让仁青喊护士过来，给这个女孩子打了一针山莨菪碱，观察了半个小时，她的腹痛好多了。我又给她配了一盒头孢呋辛酯胶囊，嘱咐一番之后，就让他们回去了。

第二天我遇到了专门负责包虫病管理的扎西旺修，一问才知道，在牧区肝包虫病还很流行。

"狗太多了，基本上每家每户都养，有的养了好几条，藏区又不允许杀狗。小孩子都习惯了喝冷水，又不经常洗手，防治难呐。"他感叹。

又过了大概一个星期，早上七点左右，我还没起床，泽巴扎西过来喊我："山老师，有个急诊病人你来帮忙看看。"我马上过去，看到两个藏族青年扶着一个老人进了诊室。老大爷叫泽多，今年六十一岁，看上去显老，送老人过来的是他的两个儿子。两个小时前，老人家起床时突然感到头晕，无法正常行走，在家里休息后没有好转。他患高血压已经三年了，一直不肯吃药。我马上让他躺下给他检查，收缩压一百八十毫米汞柱，舒张压一百一十毫米汞柱，两侧瞳孔偏小，心率五十四次每分钟，四肢肌力正常，没引出病理反射。我立即开出硝苯地平让他舌下含服，又找出一台心电监护仪给他用上。他的血压一直不稳定，血氧饱和度只有百分之八十五左右，看来不仅仅是高血压，很有可能还有小脑或脑干的卒中。医院没有CT机，抢救设备又不全，我就建议他们马上转到县医院治疗。

事后我跟负责慢性病管理的德刚说，在基层医院，慢性病的管理实际上是非常重要的，像这样的患者，如果控制好血压，长期口服阿司匹林，完全可以避免大多数脑卒中的发生，或者使发病年龄推后，可以提高患者的生存质量。

过了将近一个月，泽多又来配药，这次他是自己走过来的。我看了看，觉得他恢复得挺好。他还把病历资料都拿了过来，果然是有脑梗病史。那天他先转到县人民医院，做了个脑部CT，住院治疗了两天没好转，就又转到了阿坝州人民医院，再经过两个星期的治疗，才好转出院。今天过来，是来配缬沙坦和阿司匹林的。我给他量了血压，是正常的，就嘱咐他坚持吃药，定期复诊。

还有一个急诊病人也让我印象深刻。那是个外伤病人，一天中午过来的，塔哇村的女牧民，叫俄珍。她骑着马放牧时，突然一头狼从对面的山坡上冲过来，她本人没看到，马先看到了，马顿时紧张起来，两蹄高扬，一声马嘶，俄珍被甩了下来，下唇磕在草地上，满脸是血。我用酒精棉球给她清理了伤口，见到她下嘴唇有一个裂口在出血，就给她缝了两针。由于冬天衣服穿得厚，她身体倒也没怎么受伤，四肢活动也没受影响，只有小腿有一点点肿，我们给她检查了一下，心肺情况也正常，就给她配了消炎药和活血止痛药，让她回去了。

"仁青，你们这边还有狼？"我觉得好奇，就问仁青。

"有，我们村里冬天时经常有牧民家的羊被狼叼走、咬死。在若尔盖草原上，狼非常多见，康萨寺背后的山沟里也经常有狼出没。"仁青回答。

这让我想起了纪录片《重返·狼群》。这是一个发生在若尔盖大草原上的故事,它讲述了成都女画家李微漪在若尔盖草原写生时,偶然救活了一只出生五天的小狼崽格林,从此开始"与狼共舞"的故事。两个月后,格林狂野的狼性开始显现,同时也陷入自我怀疑的茫然和没有同伴的孤独,对人类的不设防更让它的都市生活危险丛生。李微漪决定带它回到草原,让它重返狼群。他们在草原上安营扎寨长达半年,从夏到冬。李微漪带着格林寻找狼迹,数次遭遇猛禽与藏獒攻击、天气突变、弹尽粮绝。在微漪的男朋友亦风的帮助下,格林终于得以野化,重返狼群。仁青说,过去狼经常偷偷溜进牧民家吃羊,那时牧民为了保护羊群,会用猎枪打狼。现在强调保护生态环境,狼也是受保护的动物,打狼的事件就渐渐少了。

在藏区,姑娘骑马放牧是常态。草原的姑娘,长得都比较高挑,有壮实的身体、黝黑的皮肤,脸颊上的高原红显得妩媚健康,那是一种生活在高原的民族特有的健美,是草原上一道美丽的风景线。她们整天骑在马上,赶着牛羊从一个牧场到另一个牧场,其中的孤独和乏味不为人知。

仁青告诉我们,四十岁以上的牧民多数仍以马作为交通工具,马也是役力的重要来源。他们从小就骑马,女孩子也不例外。骑马还是有讲究的:不能在树林边快跑,一旦马受惊或失控,就会窜入树林,会很危险;也不能有突然性的动作,马受惊跑动,人就很容易摔下来。每年都有牧民从马上摔下来,前两年还有一个牧民在公路上从马上摔下来,头部着地,不治身亡。

十八、上门出诊

那天下午刚上班，泽巴扎西副院长就到我们诊室来了，我们四个人正好都在上班。

"山老师，你现在有空吗？"他似乎正准备出去。

"今天大家都在，我有空。"我估计他有事找我。

"一大队有个患者要去看一下，你要不陪我一起去？"他说。

"好的，需要我带什么东西吗？怎么去？"我对村里的情况不太熟悉，觉得还是应该适当准备一下。

"有车会来接。"

不一会儿，楼下开来一辆车，我拿了听诊器、血压计和体温计下楼。

不料刚刚坐进车子，医院就来了几个客人，是甘肃迭部县藏医院的几位领导过来交流，泽巴副院长只能去作陪，于是我只能一个人去了。

汽车开了十来分钟，就到了塔哇村。患者家的房子是近几年新修建的两层楼房，黄色的墙面、暗红色的顶，门前的院子很大，院子里停着一辆红色现代汽车。

我一进去，一条狗就朝我冲过来，我不由得紧张起来，女主人马上出来喝住了它。需要看病的是一位青年牧民，四天前开始发烧、头痛，到县人民医院看过，配了药回来吃了，现在烧是退了，但还是感到头痛、乏力。他全家人都非常紧张，他阿妈在不停地念经。我帮他量了血压、体温，听诊了心肺，都没什么异常，重点查了神经系统，也没发现病理反射。病人本人会说普通话，沟通没什么障碍，于是我让他把到县人民医院看病时的病历拿过来。县医院做的检查还是挺全面的，给他验了血常规和心肌酶谱，还查了头颅CT。病历上记录的体温是37.8摄氏度，血常规和心肌酶谱都正常，颅内也没什么异常，再仔细看，双侧上颌窦黏膜增厚，有少量积液。我再问病史，是否有鼻子不通畅、流鼻涕，果然有，那病因就明确了，是感冒引起的急性鼻窦炎。再看一下他配回来的药，已经有头孢克洛、感康片和抗病毒颗粒。我告诉他，疾病基本明确，就是感冒引起的急性鼻窦炎，现在会头痛就是这个原因，还有紧张也会引起头痛，希望他多喝水、心情放松一点。

他们全家一下子心情都好了许多，我再三叮嘱，如果治疗效果不好，可以到我们医院配滴鼻的药水用用看，大多数人经过治疗后会好起来的。诊疗很快结束，他们全家一直送我到村口。

回到医院，我想起仁青是塔哇村的人，应该会比较熟悉情况，就问他："他们全家怎么看上去那么紧张啊？"

"就在上个星期，村里一个四十多岁的牧民突然胸痛、头痛，送到县医院，没抢救过来。家里人到寺庙里去拜见活佛，活佛对他们说，最近一段时间，生病的人要警惕，也不要随意出门，当然，看医生是可以的。"

过了一个星期，仁青突然问我："山老师，年轻人头痛一般考虑什么病？"

"要看具体情况。有没有发热、呕吐？有没有意识障碍？最好查一下血常规和颅脑CT。"

"那倒是没有，就是头痛，也不是很严重，呈钝痛，无搏动性，部位也不固定，有时痛处位于顶部，有时在额部及枕部，有时几个部位均有疼痛感，常感觉头顶重压发紧或头部有带样箍紧感。"

"最好让他过来看一下，没看到患者我也说不准。他住得远吗？"

"就在康萨寺里，是个喇嘛。这几天他不能出门，请我去帮忙看看。"原来是这种情况，难怪神秘兮兮的。

"你实在觉得不放心，那么我也过去。"我倒是有点好奇了，想看看喇嘛在庙里的真实生活状况。

仁青马上同意："可以的。"

他说寺庙里有体温计，于是我们拿了听诊器、血压计就出发了。寺庙就在半山腰，走过去也就十几分钟，半路上还看到一个康萨寺藏医医务室，但是门关着。我在县城也看到过藏医医务室，就问仁青："寺庙的医务室平时怎么看病？"

"一些不严重的疾病，他们自己采草药解决。每一座大的寺庙都有门巴扎仓，就是藏医学院。"仁青回答。

年轻的喇嘛生活的房子都是平房，有点像四合院，每个院子住着六个人，接待用的房间相当于客厅。客厅中间有一个取暖炉，四周是床榻，上面铺着一层毛毯，放着很多藏文书籍。我先询问了一下病史，患者名字叫向巴，今年二十一岁，平时一直很健康。前几天得过感冒，吃了感冒药，现在不发热、咽痛了，就是头痛，下午会加重，没有呕吐，也没有鼻塞流涕症状。我叫他站起来走路，姿势、步态正常，四肢肌力正常，神经病理反射也呈阴性。

"应该是紧张型头痛，吃点止痛药会好转的。如果吃了药，头痛一点也没好转，那一定要去上级医院查一下。"我让仁青翻译。

和向巴住在一起的小喇嘛都过来看我们，他们很是好奇，想必是觉得沿海地区来的医生看病和他们这里的藏医看病完全不一样。有一个喇嘛拿了一瓶统一冰红茶给我喝，我不好推却，就拿了。

　　回到医院后，上次骑摩托车摔伤的那个小喇嘛来了，他是帮忙取药的。我给他配了夏桑菊颗粒和对乙酰氨基酚片口服。

　　像这样的出诊，在我们沿海医院是比较少的。但是在二十世纪六七十年代，有一批医生会经常上门看诊，为农民提供医疗服务。他们毕业于县卫生学校，通常看一些头疼脑热、擦损外伤之类的小病。虽说只看小病，但也大大方便了当地的百姓，因而村民都十分敬重他们。

　　在乡村当医生很辛苦，也是一件不容易的事。首先，他们没有固定的薪金，有的只是大队的一些补贴，或者由生产队记工分代酬。这微薄的补贴和工分应付不了他们的生活开支，因此，他们白天还得参加生产队劳动，夜晚则要挑灯自学医学知识。其次，由于贫穷落后，乡村的医疗设备十分简陋，他们常只有一个药箱，加上几片普通的药片、一支针筒、几块纱布，别的就少得可怜。

　　尽管艰苦，那时的乡村医生还是非常尽职尽责的。不管是深夜，还是风雨交加的日子，只要有人来叫出诊，他们都会及时赴诊。自己治得了的，就一心一意尽力去治；自己治不了的，就建议送医院治，有时还亲自陪着送去。他们治病收费不高，只收成本价，因为他们都拿了生产队的补贴。如果碰上困难户和五保户，就得倒贴了。

　　我小时候体弱多病，经常去村卫生室打针，一针下去，屁股要痛半天，所以看见我们村的医生就很害怕，老躲到我妈的身后，伸出头来，怔怔地盯着医生身上画着红十字的药箱，生怕他拿出针筒来给我打针。

二十多年前，刚参加工作的时候，我也经常出诊，主要是上门给老年人诊治，特别是一部分长期在家卧床不起的慢性病患者，我们会上门帮忙量血压、测血糖；还有一些前列腺增生的老年人，他们长期插导尿管，需要我们定期去更换。有些家庭为表示感谢，会送我们一包香烟、一袋茶叶，到了农村，还会送我们几个土鸡蛋，实在推辞不掉也就收下了。虽说做这些是责任所在，但每每遇上再三表示谢意的患者和家属，仍然会感觉心里暖烘烘的。

十九、德阳挂友

挂友，是挂职干部相互之间的称呼。第一次听到这个叫法时，感到很特别。这次援川，让我对挂友有了更多了解。在来若尔盖的路上，常见挂着"德阳援建"四个字的建筑；在若尔盖，来自德阳的挂友共有三十多位，主要在若尔盖县机关、学校和医院工作。

我遇到首位德阳挂友是在到的第一天吃晚饭时碰到的杨兰，是她告诉了我医院的人员情况和用水、用电、上厕所等具体情况。通过近距离接触，我才知道她是一位工作责任心强、业务能力强的高年资护士，自2017年来到，就融入了若尔盖县红星镇藏区的老百姓中，搭起了德阳和若尔盖人民联系的桥梁。红星镇平均海拔三千多米，自然条件恶劣，交通不便，援川之艰辛，常人难以体会。

初到高原时，她和我们一样有高原反应，但还是主动要求下村。红星镇牧区一共有六千多人，八个村中需要精准扶贫的就有五百多人。每家每户都需要建立精准扶贫档案，要归档必须掌握第一手数据，数据从何而来？为获取第一手资料，杨兰和壮尕拉姆跟随泽巴措副院长，起早贪黑，每天都要踏着皑皑白雪下村，忍着寒冷为藏民测量血压、血糖、身高、体重等，藏民却不理解，认为她们"不务正业"。

特别是到了12月，藏区的天气如同娃娃的脸般瞬息万变，昨天晴空万里，今天却是刮风下雪。清晨她们就冒着凛冽的寒风，在零下二十二摄氏度的恶劣天气里出门，她们一天要走四个寨子，完成二十余名藏民的体检，主要针对精准扶贫户和六十五岁以上的老年人。有一次，她们坐了一个多小时车来到了河它村，一下车就蒙了——这里没有专门的体检房间，只有稀稀拉拉的几个藏民在屋外等候。但她们没有退缩，在附近找了一间房间为藏民进行体检。为了节约时间，中午她们找了一点开水，坐在室外吃泡面充饥。

最让她难忘的是，有一天晚上七点左右，当她们来到当天最后一个寨子时，天快黑了，而且气温越来越低，很少有藏民在外面溜达，都各自关门闭户在家烤火。于是，医疗队的五名同志分头行动，想找一户房屋比较宽敞的藏民帮忙，便于更好地开展体检工作。可是敲了几家的门，就碰了几次壁。最后她们来到孤寡老人益西措家，朴实的大妈听说她们是来给她免费检查身体的，二话没说，马上邀请她们到火炉边坐坐，热情地接待了她们，当时的感动她们至今难忘。老人的家虽然十分简陋，只有一间房子，房子里面只有一个火炉、一张床（木板搭的）、一张吃饭的小桌子、一盏昏暗的白炽灯，但她们感到十分温暖。

由于是雨雪天，天气较暗，她们就打着手电筒为藏民测量血糖、血压、身高、体重等，认真记录着每一个数字。测血糖时，她们的手已经冻得握不住针头了，真怕针刺不到病人手指头，反而刺在自己的手上。就这样，她们完成了十多个人的体检，回医院时已过了晚上九点，第二天都感冒了。

杨兰告诉我："有时出去，汽车如果不慎陷入泥潭，我们就要徒步去牧民家中。牧民每家每户至少相隔几千米。我们提着健康体检一体机，拿着药品，深一脚浅一脚地走在草地上，时不时还会遇上凶恶的藏獒。不过，热情的牧民远远地听见我们的声音，就很快跑出来赶走藏獒。虽然我们听不懂他们在说些什么，但看见他们憨厚的脸上露出淳朴的笑容，瞬间就会忘却环境的恶劣。我们在帮扶对象家中，与他们聊生产、聊生活、聊家常，向他们宣传防病治病知识，认真向他们讲解地方惠民政策和帮扶计划、新农合和大病报销流程，并将宣传单张贴在他们家中显眼的地方，鼓励他们抓住机会自力更生，坚定信心，鼓足干劲，争取早日脱贫，走上致富的道路。"

一路艰辛一路苦。经过一年多，红星镇全镇居民健康体检率终于达到96%。装册归档是个细致活，每个居民都有一本健康档案，里面需要将多次检查的结果一项项填写完整，再将每户有几个人核对清楚，最后按户将档案归置在一起装订成册，整整齐齐地放在档案柜里。

近年来，这里人才流动较快，人员不稳定，杨兰在完成日常工作外，还利用休息时间向卫生院的同事们传授实用的专业知识并进行业务培训，建立检查制度，让医务人员迅速掌握医疗基本技能，以传、帮、带等方式培养护士。

在日常诊疗过程中，她发现当地医护人员诊疗时很少有人能做到一人一消毒；在进行无菌操作时，多数医生的院感防控意识不强；注射操作不规范，对外伤病员注射破伤风针处置不规范，处理流于形式等。为此，在院领导的支持下，她从小事入手，从身边的人员教起，一个姿势一个姿势去教，一个动作一个动作地纠正，直到每个人都熟练为止。

第二位德阳挂友是蒋恩。他是德阳市罗江区中医院外科副主任医师。虽然与他交流不多，但是每次看到他时，他都在认真地辅导何德刚写病历、读胸片、开医嘱，指导清创、缝合、换药，开展病例讨论。他一空下来就会打开一个外科医生常用的网站，聚精会神地观看手术视频。据他说，德阳市罗江区中医院外科的人手也不宽裕，他还是医院的外科主任，这次出来工作，对医院科室的发展还是影响挺大的。

第三位德阳挂友是张萍。我们认识的时候已经是2019年1月了，有交集的时间不多。她是罗江区中医院的主管药师，过来帮助这边医院的西药房实行规范化管理。她刚来的几天，总是感到头痛、失眠，当然最苦恼的是上厕所和洗澡。我和汤杰把我们的经验告诉了她，第一个星期最关键，熬过去就好了。

与此相呼应的是红星镇上纳木中学的"德阳昊耘楼"里传来的琅琅书声，九百多名藏区孩子在温暖明亮的教室里学习。这栋建筑面积五千五百平方米、若尔盖县最大的单体建筑，正是德阳援建的手笔。

经常有纳木中学的学生来医院看病。来自红星镇塔哇村的罗让卓玛今年读初三，稚气未脱的脸上有着藏区孩子特有的"高原红"。我问她："到新教室上课感觉怎么样？"

"我做梦也没想到能在这么漂亮舒适的教室里上课。"罗让卓玛露出了灿烂的笑容，"以前在板房里上课，下雨天教室漏雨，下雪天冷得发抖。现在有了新的教学楼，再也不怕受冻了。"

每次路过"德阳昊耘楼"，仁青夺机都难掩激动的心情，不仅因为这是他的母校，更因为这里包含着他对藏区教育美好未来的憧憬。他经常来学校打篮球，对学校非常熟悉，他告诉我，"德阳昊耘楼"正前方正在修一座浮雕，上面会用藏汉双语刻上《德阳赋》，以此感恩德阳援建。

他还告诉我一个感人的故事。那是在2014年7月17日，德阳市人民医院院长范天勇率领医疗小分队赴阿坝州若尔盖县，途经茂县石大关路段时遇山体滑坡。在组织疏散队员、救援受伤群众的过程中，范天勇院长不幸被飞石砸中，经抢救无效，以身殉职，年仅44岁。

"快救人！"是他留下的最后一句话。

二十、宁静蓝天

最近有连续的晴天，天特别蓝。我上午七点二十分起床时望了一下天，当时还是皓月当空，但是已经能看见山背后的太阳慢慢在升起，银白色的月光和东方天际橙色的彩霞共存。慢慢地，天边出现了一道极亮的光，非常耀眼，更加映衬出苍山白雪的美。过了没多久，太阳像一个小红球，突然从云海间爬出来。大约过了半个小时，太阳终于挣脱了大山的怀抱，跃上天际。今天我特地仔细观察了天空，在太阳没有出来之前，天空的颜色是灰蓝的；太阳从山背后慢慢爬上来，灰色就变淡了，蓝里开始有一点点白。远近的山峰躲在云海后，只露出小小的山尖，就像大海中的小珊瑚礁，真是人间的美景。

偶尔有几朵白云飘过，山坡背阴面的积雪还没化，四周群山层层叠叠，山顶上还有积雪，与白色的云朵浑然一体，风也不是特别大，因为阳光照着，人也感觉比较温暖。

我打开微信看家乡的天气，今天嘉兴有大雾，气温蛮高的，有十一至十八摄氏度，并且还有雾霾黄色预警，看来家人上班开车得慢慢来了。好几个朋友都把戴着口罩的照片发在了朋友圈。空气污染再加上体质不好，非常容易引起疾病。但是在若尔盖，尽管天气很冷，却很少听到有人得肺癌。将近一个月的诊疗过程中，我只碰到过一位哮喘病人。

我问何德刚："你们这里得肺癌的人多吗？"

"很少，我们整个镇里也没几个。"他负责慢性病管理，应该对此有所了解。

"那哮喘呢？"

"我来这里工作三年了，碰到过的哮喘病人不会超过十个，而且也是夏天各种花盛开时才有。"

中午我站在空旷的红星镇广场上，用手遮住刺眼的阳光，抬头看一看碧蓝的天空，感到好高好远，好透明。那种蓝宝石一样的湛蓝的颜色，让人不敢相信，在我们的地球上，还有这样一方纯净的天空。这，就是红星镇，这，就是我向往已久的地方。

在这里，好像太阳也离我更近了，白色的云朵在碧蓝的天空中翻卷着，变换着不同的形状，让人痴迷，仿佛有神灵在这高原纯净的天空中飞翔。那湛蓝的晴空，是她舞蹈的处所；那雪白的云朵，是她舞动的哈达。微微的清风，送来她迷人的气息；温暖的阳光，弥漫着纯净的清香。

康萨寺在阳光的照耀下，闪着熠熠光芒。周围的群山，在蓝天的映衬下，有了让人称奇的生命力。仿佛它们是蓝天的挚友，将若尔盖这块宝地衬托得更加秀美。

"为什么藏区的天这么蓝？"我向朗卡让么问了这个问题。她给我的回答是："首先是因为受到藏传佛教的影响，我们藏区人民很少破坏生态环境。其次是我们这里海拔高，经济发展速度缓慢，很少受到工业污染。再次是国家对生态环境保护很重视。"

专业的回答来自来红星中心小学支教的科学老师贝会祥：大气本身是无色的，天空的蓝色是大气分子、冰晶、水滴等和阳光共同形成的图像。阳光进入大气时，波长较长的色光，如红光，穿透力强，能透过大气射向地面；而波长短的紫、蓝、青色光，碰到大气分子、冰晶、水滴等时，更容易发生散射现象。天空被散射了的紫、蓝、青色光布满，就会呈现出一片蔚蓝了。而高原海拔高、大气薄，再加上空气杂质少，天看上去就显得更蓝了。

面对这样湛蓝的天空，我感到十分安详、平静。

二十一、郎木探源

　　日子过得飞快,转眼就到了12月,我对整个红星镇也熟悉起来了。红星大街的路面已经修好了,走在整洁的柏油路上,感觉舒畅多了。我们所在医院叫纳木中心卫生院,镇上的法庭称纳木法庭,镇上的商店称纳木中心供销社或者纳木商店,镇上的中学也称纳木中学。我好奇"纳木"是什么意思,便问了仁青夺机。仁青告诉我,"郎木"与"纳木"只是藏语音译时使用的汉字不同而已,都是"仙女"的意思。从前,若尔盖地区的部落小而多,主要有若尔盖十二部落和包座七房,每个部落都由土司管理;但是热当坝、降扎、麦溪等部落的土司由郎木寺的达仓纳摩格尔底寺委派。

　　休息的日子,我们从康萨村出发,到郎木寺探访。郎木寺不是一座寺院，而是一个小镇。一镇跨两省，以白龙江为界，西北一侧属甘肃，东南一侧属四川。这里是川甘两省的交界，古有"南番中心"之称，藏传佛教寺院是这一地区的文化中心。

现在的郎木寺有两大寺院。一座是四川寺院（当地称法），名叫达仓纳摩格尔底寺，简称格尔底寺，是格鲁派在四川阿坝地区规模最大、最具影响力的寺院之一，辖有多座分寺，现有僧人五百人左右。另一座是西北寺院（当地称法），名叫郎木赛赤寺，简称赛赤寺，即甘南郎木寺。赛赤寺是西藏哲蚌寺的属寺之一，也是格鲁派寺院，现有僧人三百六十多人。郎木寺镇有许多小溪，数十眼小温泉，日夜不息地涌出温暖而清澈的泉水，穿过大街小巷、村头院落，又汇聚成小河，条条小河都注入白龙江，奔向远方。

我们先抵达属四川的格尔底寺。如果不是亲自来到郎木寺，只是道听途说一些关于郎木寺的传说，确实是不能真正了解郎木寺的前世今生的。进入格尔底寺，才发现这边的寺庙就是整个景区，因为白龙江大峡谷、虎穴、仙女洞等景点都在格尔底寺内。在闻思院（大雄宝殿）门前，早早就有很多磕长头的信众到来，也有很多信众在围绕闻思院转经，喇嘛们三五成群，或讨论或低头赶路，向各个经堂赶去。据记载，格尔底寺曾有许多稀世珍宝，大多在"文革"期间被毁。现在有一珍贵的宝物——该寺第五世活佛的肉身灵体。

我们一路沿白龙江岸漫步，不时有小喇嘛背着书包路过，一路玩耍。我想约他们拍个照，他们说了一声"不"，就飞快地跑了，好像要去上课。年龄大一点的喇嘛则低头匆匆走过。小溪越来越窄，转过峡谷就看到小溪的源头从崖壁上的泉眼中潺潺流出，水流漫在碎石滩上。这可是自然界中的纯净水，源头之水，我尝了一口，有一种沁人心脾的感觉。当地百姓管这泉水叫"乃溪"（圣水），此泉水冬暖夏凉，天旱不枯，暴雨不涝，四季清澈见底。

格尔底寺有四个经院，散落在寺内不同位置。闻思院是规模最为宏大的一座。该寺第五世活佛的肉身灵塔就供奉在这里。藏传佛教的建筑大多用石头、木材和茴麻草建成，外石内木，有"外不见木，内不见石"的规定。这座大殿从外部看，并没有过多特别之处，但从内部看，装饰相当奢华。参观完寺庙，在景区尽头，便是白龙江大峡谷的沟口，一条清澈的小溪在山谷间淙淙涌动，这便是白龙江的源头。再走几十米，便是仙女洞和虎穴，旁边插满了经幡，挂满了哈达。这两个洞穴，与其说是洞，不如说是山体的两个凹坑，但刘禹锡那句话写得好："山不在高，有仙则名。"同样，洞不在深，有神则灵。传说曾有一条善良的白龙在这峡谷修道。有一年，山谷中突然发生了一场大火，火势蔓延，烧毁了树林和庄稼，百姓无家可归。正在修炼的白龙见状，想去拯救百姓，可神灵却把它困在了岩石下，急得白龙浑身发抖、黯然泪下，两眼涌出一串串泪珠，泪珠冲破岩石，扑灭了大火。从此，这两眼泉水再没有断流过。得救的百姓为感谢白龙的恩德，便把从这泉眼中流出的水取名"白龙江"。从那以后，白龙江两岸林木茂盛，人畜兴旺。然而好景不长，一只白额大虎常常从森林中出来伤害生灵。人们死的死，逃的逃，非常凄惨。一天，恶虎正在追来不及逃散的人们时，空中飘来一位慈祥的仙女华尔旦纳摩，她用智慧降伏了恶虎，并把老虎关在石洞内，让它日夜守护着白龙江源头。人们过上了安居乐业的生活，而仙女华尔旦纳摩却因私自下凡，回不了天庭，就住进了仙女洞。从此这地方便有了"达仓纳摩"这个美丽的名字（藏语中虎穴叫"达仓"，仙女叫"纳木"或"纳摩"）。后来的格尔底寺也有了"达仓纳摩寺"之称。

我们游完格尔底寺，慢慢往下走，路上经过一间清真寺。在这里有两间清真寺，四川清真寺与西北清真寺所在的村寨互称"西北甲科村""四川甲科村（现更名为回民村）"，居民均由回族、东乡族、撒拉族、保安族等各族群众组成。在一家经营川菜的饭店门口，我还看到了"您在甘肃，我在四川"的红底白色大字。又走了大概四百米，看到一座跨江而建的桥，然后左拐，远远地就看到了一座大的寺院，这便是赛赤寺。赛赤寺的规模明显比格尔底寺小，但是白色的佛塔建造得非常宏伟。长期以来，藏传佛教以造塔作为一种修德积福的途径，无论僧俗都热衷于建造佛塔。佛塔既能作为一种压制邪恶力量的神圣之物，供信徒顶礼膜拜，又具有威慑力量，可供信徒祈祷求助。

仁青夺机告诉我们，每年正月十三至十七是郎木寺最热闹的日子，两座寺院先后举行隆重的法事，从寺庙里到广场上都挤满了虔诚的藏民，不论男女老少都穿着节日的盛装，戴着自己最贵重的饰物，跪在地上膜拜、听喇嘛诵经、看藏戏表演。然后，藏族同胞们会围着庙宇转庙，祈求平安，同时一边燃放鞭炮，一边向天空撒着象征幸福吉祥的龙达纸。晒佛是节日中的高潮，晒佛的这天早上，迎着初升的太阳，上百名佛家弟子奏着各种乐器，撑着经幢、罗伞，抬着二十多米长、十多米宽的佛龛，从大寺出发，前往山坡上的晒佛台。随着阵阵音乐，大佛被徐徐展开，人群中发出欢呼声，纷纷将手中的白哈达抛向佛像，表达着自己心中的敬意。这壮观的场面，令人心生向往。

一年四季，南北对望的两大寺院佛号长鸣、香烟袅袅。格尔底寺入口旁边，就是四川清真寺，大门色彩明艳，高塔重檐绿瓦。清真寺与旁边的佛教经堂距离非常近，风格却截然不同，反差巨大，相映成趣。

二十二、白龙江畔

年终考核一结束,杨兰和蒋恩的对口支援也已经接近尾声,蒋恩因为医院事务繁忙,就先回去了,何德刚送他到县城。杨兰因为公共卫生工作需要交接,就继续留守几天。卓科院长这两天在迭部县藏医院办事,晚上就在迭部安排聚餐为杨兰送行,也邀请我和汤杰过去作陪,我们也正好想看看白龙江畔降扎乡的样貌。记得刚来红星镇时,就碰到过从南湖区来降扎乡中心小学支教的胡老师和郭老师。他们俩刚到降扎乡时,因为没地方洗澡,只能星期天到县城洗澡,为了赶公交车,跑了大概有三十分钟,当天晚上就感觉头痛、胸闷,一动就气急,听说我们在纳木中心卫生院,就过来看病。我给他们俩听了心肺,量了血压,幸好都是正常的,考虑还是高原反应,就让他们吃点止痛药，多喝水，多休息。

我们今天乘泽巴院长的车子沿着红星街往东行，大概二公里后，就上了盘山公路，到了降扎乡的境内。这里全部是崇山峻岭，公路只能容两辆车交会。整条路是沿白龙江修建的，路面正在维修，所以车子一直在颠簸，路上还有薄薄的积雪。一路上可以看到一群群藏族老奶奶背着一大捆柴禾行走，她们弯着腰，裹着头，只露出两只眼睛，行色匆匆。开了十来公里，看到一片缓坡地，这里就是降扎乡政府所在地。这里地方很小，只有乡政府、派出所、卫生院、中心小学等机构。这里属于半农半牧区，农作物主要以青稞、小麦为主，牧民以放牧牛羊为主，但是由于草地太小，放牧规模不能和草原上比。这里和其他藏乡一样，最好的建筑是学校和寺院，在江边的是甲盖寺，在山顶上的是占巴寺。为了看清白龙江在降扎乡的样貌，我们特地登上山顶，来到占巴寺。占巴寺的位置极好，居山顶，面西南，清晨与日落时，都有霞光照射着金顶，时常熠熠生辉。从占巴寺俯瞰，白龙江似洁白的哈达一般，飘在崇山峻岭中。

降扎是半农半牧区，经济来源少，看上去比牧区更贫穷。如果碰到灾害天气，或者白龙江发生水灾，这里的民众连保证温饱都困难。泽巴院长和朗么阿妈告诉我，现在许多年轻人都出去打工了，主要在四川、甘肃，也有出来搞运输的，收入比过去已经好多了。

降扎温泉就位于公路旁，与铁布梅花鹿自然保护区相邻。"降扎"

是藏语发音，意思为"红柳树多"。温泉四周群山环抱，山崖上有大小五十多处泉眼，泉水清澈如镜。水从山上流下，将山岩浸润出孔雀蓝和翡翠绿的颜色，在阳光的照耀下闪闪发光。附近有两个温泉浴场，相距不远，都很小。一个是露天的，另一个在浴池上面盖了个亭子。温泉旁边有藏族妇女在洗衣服。降扎温泉在川、甘、青藏区有很高的知名度，历来有"神圣吉祥"之地的美称。降扎温泉又名降扎氡泉，泉水无色、透明，含硫、铁等十多种矿物质，水温在三四十摄氏度，属中温，一年四季不断，被广大藏族群众视为治疗"圣水"。旅游业给降扎带来了财富，也改变了当地人传统的生活习惯。泽巴扎西副院长问我们要不要也去体验一下温泉，我们觉得不太习惯，也就婉拒了。

山路蜿蜒曲折，车开得很慢，时不时会遇上几个刚放学走路回家的孩子，也有周边寨子的女人在给积雪的路面清雪。车过了尼哇村和下村后，就到了热陇村，这里的路更崎岖，车子开得更加小心翼翼了。过了一个叫下道口的隧道后，就进入了崇尔乡境内，首先映入眼帘的是一个巨大的瀑布，大约高一百米、宽三十米，尽管部分已经结冰，形成了冰柱，但是还有一部分水流从天而降，瀑布中间还长着几棵红柳，景色非常壮观。进入崇尔乡，白龙江两旁的路面开始宽起来了，山坡的坡度也缓起来了，这里的民居看上去也更新一些，建筑以砖木结构为主，屋顶用红色的彩钢板，与红星镇差不多。白龙江两边也有序地种上了树,由于海拔在慢慢降低,路面积雪也基本上没有了。过了康多村,又开了大概十公里,就到了崇尔乡乡政府所在地八玛村。公路北边是卫生院,和乡政府并排,对面就是中心小学。村里最醒目的是八麻寺,醒目的佛塔耸立在寺门口,寺庙的屋顶非常漂亮。

自郎木寺开始,白龙江流经之处,大部分是高坡陡崖,居民绝大多数散居在河谷或山坡上,交通不便,生活条件艰苦。白龙江上游这一段基本是藏区,藏民们千百年来与江为伴,以农牧为生,不急不躁,民风淳朴。老百姓在江畔或者半山腰建造了很多寺庙,白龙江流经区域中就有郎木寺、龙华寺、普化寺等数百所知名寺庙,使得白龙江成为中国西部的"佛教文化圣河"。行走在313省道上,可以看见江边建造着无数的白塔,藏民们围着白塔礼佛念经,藏传佛学就在这样的悄无声息中随着白龙江水蔓延、传承,润泽着这片广袤土地上的朴素百姓。

到了冻列,白龙江又宽了些许,周围的景色在不知不觉间完成了从草原到森林和峡谷的转变。周围成片的青稞地,悠闲的村民,幽静的村落,又演绎出一派别样的风情。当我观赏窗外的景色时,竟然发现了两只小鹿,这才明白我们已经进入了铁布梅花鹿自然保护区。铁布梅花鹿自然保护区坐落于若尔盖县,在这里,梅花鹿绝对不容错过,如果有机会遇见它们,一定得放慢脚步,因为它们胆子很小，容易惊慌失措，瞬间就会从视野中消失。央视热播的纪录片《香巴拉深处》是中国第一部聚焦四川藏区的大型纪录片，其中第一集就是在这里拍摄的。

这次的邂逅与我之前无数次想象过的跟梅花鹿见面的场景完全不同。我脑海中的镜头是梅花鹿三三两两在白龙江边饮水，而我们躲在灌木丛后偷偷远眺，甚至要用上望远镜，生怕惊扰到它们。这次在马路边的不期而遇，实在是让我们荣幸之至，而且距离如此近，近乎完美。车子里的几个伙伴都忍不住说："今天的运气实在太好了！"泽巴副院长告诉我们，铁布是梅花鹿之乡，在藏区老百姓眼里，梅花鹿是由山神守护着的，遇见它们，就是有福了。

从红星到迭部县县城电尕镇只有几十公里，很快我们就进入了迭部县的益哇镇，这时，一座巍峨的山峰出现在眼前，这便是扎尕那山。"扎尕那"是藏语，意为"石匣子"。这里的居民以藏族为主，据说是松赞干布的后裔。扎尕那山是一座完整的天然"石城"，地形既像一座规模宏大的巨型宫殿，又似天然岩壁构筑的一座完整古城。因为时间比较紧，我们匆匆看了一眼就离开了。除了扎尕那山，迭部县还有红军俄界会议会址、茨日那毛泽东故居等革命遗址，以及然闹马家窑文化遗址和历史悠久的藏传佛教寺院。

迭部县县城依着虎头山、傍着白龙江而建。县城看起来比我想象中要好多了，街面也非常整洁。我们从313省道进入岷日路，然后左拐通过亚阳巷到了腊子口街。县城不大,主要有三条主干道东西贯通,腊子口街为主要的商业街。这里海拔有两千多米,与若尔盖草原气候完全不一样。因为气温高,路面上没有一点积雪,街两旁可以看到树了。行走在腊子口街上,迎面扑来的是商业氛围,街两旁开满了商店和宾馆,大街上人来人往,穿着都比较时尚,很少看到穿藏袍的。

因为时间还比较早,我们就去爬了虎头山。虎头山坐落于县城西南,藏语称"玛莫",意思是神话中美女的化身,因山巅形似虎头,故冠此名。其海拔四千多米,峰顶岩石裸露,四季白雪皑皑。虎头山下森林茂密,青松葱茏。

晚餐是在益民饭店吃的,我们到时,卓科院长已经到了,点了一桌很丰盛的菜肴,当然还是以牛羊肉为主。因为是为杨兰饯行,他特地买了一瓶白酒,卓科院长、泽巴扎西副院长和其他藏族医生都不会喝酒,汤杰喝一口就会发荨麻疹,只好由我来陪杨兰喝酒。

"首先感谢大家的辛勤付出,我以茶代酒,敬杨兰老师一杯。"卓科院长说。

"山老师、汤老师,我们下个月就轮休了,今天也算是为你们俩饯行。"卓科院长也用茶敬我们俩。

"好的,我先干为敬。"我连忙喝完一杯。

当酒敬到第三轮时,杨兰老师已经眼眶湿润,语气哽咽:"真心感谢医院的领导和同事对我的关照，我来到红星、来到医院与大家一起工作是缘分，我一辈子都不会忘记。"说完又一饮而尽。

吃了大约半个小时，迭部县藏医院的院长阿胜就来了。他也是旦科大师的学生，和卓科院长师出同门。按照迭部藏区的习惯，饮酒时一般要先向德高望重的长者或者远道而来的贵宾敬献，然后按顺时针方向依次敬酒。敬酒者一般应用双手捧酒杯举过头顶，敬献给受酒者，特别对长者更是如此。而受酒者要先双手接过酒杯，然后用左手托住，再用右手的无名指轻轻地蘸上杯中的酒，向空中弹一下，如此反复三次，表示对天地神的敬奉和对佛法僧三宝的祈祝，有时口中还要轻声念出吉祥的祝词，然后再饮。阿胜院长依次敬杨兰、汤杰和我，我这时也已经喝得有点兴奋了，又爽快地喝了三小杯。

喝过酒，话就多了起来。阿胜院长也介绍了他们医院的情况，原来这几天他们医院在准备迎接等级评审。藏医院的评审要求与我们熟知的不一样，特别注重藏药制剂和硬件设施。旦科大师曾亲临迭部县藏医院指导，现场传授"仁青佐塔"炼制技术。医院首次试制即炮制成功，并先后制作了二十五味珍珠丸、二十五味珊瑚丸、洁白丸、如意珍宝丸等七十余种藏药成品。迭部县藏医院自己种植的濒危藏药材就有三百多种。

这是我第一次送别挂友。虽然共事的时间短暂，但这段经历足够让我铭记在心。

二十三、失眠笔记

　　年轻的时候，我觉得自己的睡眠质量还算不错，一般晚上十点多能睡着，第二天早上六点半起床，半夜也不大会醒来。尤其是在下着淅沥小雨的深秋或者初冬，看一会儿专业书或者电视，到了十点钟，匆匆洗漱完毕，钻进温暖的被窝，阖上双眼，让精神彻底放松下来，什么也不想，让思维如风中的落叶一般悠悠飘荡，坠落于黑不见底的深渊里，简直是种享受。睡觉可以把自己同外界的世界隔绝开来，什么都感觉不到。在工作的前五年，即使晚上有急诊，要爬起来几次，看完病后我也能倒头就睡，只要有三个小时的睡眠，就很满足了。第二天照样查房、看门诊，接着还能和当时的女朋友，也就是现在的妻子乘绿皮火车到嘉兴市里玩。

　　王店镇到嘉兴市里直线距离是二十二公里，以前公交车班次少，票价也贵，要四元钱。火车每天两班，上午九点半和晚上六点半各一班，是开往上海的慢车。从市里回来也是只有两班，在下午三点和晚上七点，是往杭州方向的。我们趁夜休，抓紧查好房，然后骑自行车到火车站，花两元钱买票，二十分钟后就到了嘉兴。先上车的人纷纷找位置坐，要到上海去的人往往带了不少的行李，抢着把箱子放上行李架或塞到座位底下的空处。总有那么一两个人的箱子和包特别笨重，将后面的人堵住，等他们安顿好了，后面的人才得以通过。火车缓慢开动，车厢里的人开始嗑瓜子的嗑瓜子，打牌的打牌，还有脱了鞋子看书的。因为长期在同一个镇上生活、工作，大家看彼此都有点面熟，特别是我们做医生的，天天和不同的人打交道，认识的人更加多。他们看到我们没座位，往往会自己往里面挪一挪，留出座椅一角让我们挤一挤坐下来。通常刚刚坐稳，卖零食饮料的车子就过来了，乘务员喊着："让一让啊让一让，瓜子花生方便面，啤酒饮料八宝粥！"坐长途的旅客抬头看看，偶尔也会买一些。我们上车后刚一会儿，嘉兴就到了。下车后，我们要乘公交车或者步行去目的地。我们俩一般先到江南大厦买衣服和生活用品，然后沿着中山路往西走三百米到新华书店买几本新出版的书就回家了。年轻时也不觉得怎么累，晚上美美地睡一觉，就又精神抖擞了。后来随着火车一次次提速，王店火车站也就停用了。虽然现在拥有了自己的私家车，但是依然怀念那时乘火车的感觉。

在三十岁之前，我没有失眠的概念，特别是有一段时间准备考研，觉得睡觉是一种浪费，为了多看一会儿书就喝咖啡提神，不到凌晨一点不睡觉，结果还是因为英语没考好，最终没考上。

四十岁开始，我感觉到睡眠质量明显下降，对失眠开始有体会了。晚上值班，有时连续好几次起来看急诊，就一点睡意也没有了。人感到特别疲劳，头晕、乏力要持续好几天。夜休只能静静地躺在床上一动也不动，偏偏上午也睡不着，吃过中饭后才开始有睡意，然后我就坚持睡到下午四点才起床。但只要听到救护车的声音，心就怦怦地跳起来。

我刚到红星时，有一阵子感觉胸闷头痛、入睡困难，于是每天用热水泡脚半小时。如果天气好的话，我就在医院里走路，绕医院走一圈需要一千多步，我一般走两圈，加上白天上班时走来走去，每天一般不少于五千步。这里冬天不下雨，只下雪。在下雪天，我就在宿舍楼里走路，每次来回一趟也有二十米。走到累了就马上泡脚，睡觉。如果没什么心事或者晚上没有急诊，这一招还是管用的，到晚上十点钟左右就能睡着了。如果再睡不着，那就拿起书来看，我来若尔盖时带了几本书，其中一本是《超声内镜手册》，由诸琦和久保光彦主编，是人民卫生出版社出版的，书不是很厚，但是做得精致，内容也挺丰富。我在来的路上已经看了一部分，趁睡不着，就认认真真地把剩下的部分看完。

有一天，我读书读到凌晨两点钟，两眼发涩，头皮发麻，正要睡觉，偏偏小肚子发胀，想上厕所，外面已经是零下十八度了，于是只得穿好羽绒服和棉毛裤去门口解决。等跑回宿舍，睡意又没了。这时候，手机还在一闪一闪，我拿起来一看，原来唐克中心小学的沈月锋老师也还没睡，他也是头痛睡不着，已经在操场上转了三圈了，还是没有困意。

"还没睡？"我发信息过去。

"睡不着，在喝酒，要不你也来喝？"他马上回信息过来，还附带一张照片，原来他在和徐云龙老师喝酒。

"喝倒是想喝，就是太远了。"我不由自主地深吸了口气，看来因为高原反应而睡不着的人不在少数。

再次打开微信朋友圈，好几个朋友还在发信息，基本上都是夜猫子或者失眠的。反正脑子还很清醒，我继续看书，到了凌晨四点钟，总算迷迷糊糊睡着了。

早上我还是感觉昏昏沉沉的，洗脸时，突然发现毛巾上有好多血，叫汤杰帮忙一看，原来是流鼻血了，于是我用餐巾纸塞住鼻子，到药房看了一下，幸亏有呋麻滴鼻液。我连续滴了几天，再涂了红霉素眼膏，总算是止住了血。嘉兴来若尔盖挂职的人里，跟我一样有失眠状况的人不少，大家的解决办法也多种多样，有散步的，有泡脚的，有数羊的，喝酒的居然也占了相当一部分。在唐克支教的徐云龙老师，如果熬到凌晨两点还没睡着，就得喝半斤白酒才能入睡。俞建到了若尔盖后，也经常发生鼻出血，考虑还是与高原缺氧和气候干燥有关。根据我以往的经验，喝完酒后，入睡要容易一些，于是中午到红星超市买了一瓶白酒，以防今晚再次失眠。

我在王店镇人民医院内科门诊坐诊时也经常碰到失眠患者，有一个我熟悉的老太太，从三十岁开始失眠，今年已经八十二岁了，病程超过五十年，定期来配安定。她每天晚上必须吃一颗或者两颗安定才能入睡。我到若尔盖已经快两个月了，却没碰到有人因为失眠来配药的。

我也查询过许多文献，现代临床医学对失眠的认识还存在局限性。直到2012年，中华医学会神经病学分会睡眠障碍学组才根据现有的循证医学证据，制定了《中国成人失眠诊断与治疗指南》，并且明确失眠是指患者对睡眠时间和/或质量不满足，致使日间社会功能受影响的一种主观体验。其中心理、生理性失眠最多见，其病因都为某事件对患者大脑边缘系统功能稳定性产生影响，边缘系统功能的稳定性失衡，最终导致了大脑睡眠功能的紊乱。

我们刚来若尔盖时，比我们早几个月来到若尔盖的徐丽菊医生也告诉我们，她经常被失眠困扰。我想，一个原因是做妇产科医生，心理压力实在是大；还有一个原因就是身在高原，有点缺氧。

二十四、追忆长征

来自嘉兴秀洲区和南湖区的挂友绝大多数是共产党员，在达扎寺镇聚会时，大家商量着准备过一次高原上的组织生活。正好若尔盖大草原是红军长征中的重要节点，因此，我们决定参观红军长征纪念碑碑园，重温入党誓词。我们从县城乘车出发，经213国道往东南方向开，大概十分钟就到了班佑村。

班佑村就在213国道旁，由于这里的村民喜爱悬挂经幡，被称为"万幅经幡村"。整个村落一直保持着传统游牧的生产、生活方式。当年红军到达这里时，班佑只有几十户人家，那时村民们住的房子，其墙壁是用牛屎糊的，恶劣的气候条件和生活条件使很多人患上了大骨关节病。如今的班佑村，村民已经有一千七八百人，每户人家都有独立小院，院子围墙有土墙，也有木栅栏。我们走的公路是在湿地上修建起来的，路基比湿地要高，所以在路上就可以清楚地看到各家各户院子里的青稞、马匹和令人胆寒的藏獒。

1935年8月，红军右路军经松潘毛儿盖到达班佑，因这是右路军（包括中央红军）过草地以来抵达的第一个村寨，故在长征史上被称为"草地第一村"。进入草地前，红军想尽一切办法筹粮，将青稞脱壳搓成麦粒，再碾成面粉炒熟，便成了干粮炒面；宰杀马匹、牦牛，做成肉干以备食用；在藏民带领下找野菜，供过草地之需；还准备了烧酒、辣椒汁御寒。虽然尽了最大努力，红军筹到的粮食还是不够全军之用，进入草地才两三天，战士们随身携带的干粮就基本吃完了，只能靠吃野菜、草根、树皮充饥。在艰难地走出草地后，有七八百名红军战士背靠着背相互依偎着，因为饥寒交迫，静静地牺牲在班佑河边。

我们一行人瞻仰了中国工农红军班佑烈士纪念碑后继续往东行。在若尔盖，还有两个地方在长征途中具有非凡的意义，一个是巴西镇，还有一个是包座乡。

我的老同学，南湖区中心医院的许建忠就在巴西镇卫生院对口支援，这是他第二次援川。第一次是汶川大地震时，他曾支援过青川，与我们医院的护士长张佳伟共事过。路上，他给我看了手机里的照片，告诉我，巴西会议旧址背靠山岭，离卫生院很近，正面与群山相对，至今只剩下几片朱红色的断壁残垣，地上、土墙上满是荒草。会议旧址原是藏传佛教的寺庙，建于清康熙年间，原名班佑寺。新建的巴西会议纪念馆位于巴西会议旧址一侧，馆内陈列内容主要包括巴西会议、红军过草地、包座战役等重要时期的多幅图片及实物，真实地再现了红军长征过草地时艰苦奋斗、战天斗地的光荣历程。

1935年8月底，右路军穿过茫茫草地到达班佑、巴西一带，等待与左路军会合。但张国焘率左路军到达阿坝后，违抗中央命令，拒不与右路军会合，并要求右路军南下，公然向党争权。针对这种情况，中共中央于1935年9月召开政治局会议，会议分析了红一、四方面军会师后张国焘分裂党和红军、抗拒中央命令的种种表现，看出了张国焘依仗优势兵力，妄图危害党的阴谋。毛泽东等同志一致认为，在此危急关头，再继续说服、等待张国焘率领左路军北上，不仅没有可能，而且会招致严重后果。为了坚持北上建立川陕甘根据地的方针，同时为了给整个红军北上开辟道路，会议决定立即由红一、三军及军委纵队一部组成临时北上先遣队，继续北上，向甘南前进。这次会议就是著名的巴西会议。巴西会议是决定党和红军前途命运的一次关键会议，在中共党史上有着重要的历史地位。

包座位于若尔盖县东南部，地处包座河两侧。包座为藏语"务柯"的音译，意为"枪膛"。包座分为上包座、下包座，处于群山之间，周围尽是原始森林，地势十分险要。松甘古道北出黄胜关、两河口，经郎架岭，蜿蜒于包座河沿岸之山谷中，包座适扼其中。国民党胡宗南部队进驻松潘后，松甘古道便成为其主要粮道，胡宗南部大部分粮食的运输都经过这里。为积存和转运来自甘肃的军粮，胡宗南在求吉寺和达戒寺设立了兵站。为了阻止红军北上的脚步，国军在北上的要塞包座布以重兵，凭借山险林密，筑以集群式碉堡，誓要阻止红军北入甘南。徐向前主动向党中央请缨，采取围点打援的战法，歼灭包座和来援之敌，战斗以红军的胜利宣告结束。红军击败国民党军第49师等部，毙、伤、俘五千余人，还得到了大量枪支弹药和给养。红军长征途中首次主动出击，就取得了如此胜利，大大鼓舞了将士们的士气。

从巴西镇顺着崎岖的山路往东北行驶了约二十分钟，一处断壁残垣就出现在眼前。高五米多、厚约一米的黄土砌成的四面墙，让人勉强能看出原来房子的模样。土墙前有块纪念碑，上面写着"包座战役求吉寺战斗遗址"。留在求吉寺断壁残垣上的弹孔，似乎仍在诉说着当年战斗的惨烈。抬头仰望，求吉寺后山高高的山头上，巍然屹立着一座中国工农红军三军同道北上纪念碑，碑身题词"红军精神万万年"，在阳光的照耀下十分夺目。

包座战役扫清了红军北上的障碍，打开了向甘南进军的门户，也意味着国民党军队企图把红军围困在草地的阴谋彻底破灭。有一部分受伤的红军留在了当地，在此娶妻生子，安家落户。我们站在断壁残垣前，仍然能感觉到那时的硝烟。

我们沿着213国道一路东行，这条国道也是当年红军过草地时走过的道路。车开了一个多小时，就到了川主寺镇，我们在这里参观了红军长征纪念碑碑园。红军长征纪念碑碑园位于元宝山旁，由主碑、大型花岗石群雕、纪念馆三大部分组成，邓小平题写了园名。红一、二、四方面军长征都曾经过四川，红军长征在四川滞留的时间达二十个月，足迹遍及七十三个县、市的三十余万平方公里，取得巧渡金沙江、强渡大渡河和飞夺泸定桥等辉煌胜利，经大小战斗数百次。红军翻过的雪山绝大部分也位于四川境内，走过的草地都在当年的松潘境内。

瞻仰完纪念碑以后，全体党员在南湖区秀城实验教育集团副总校长欧阳雪茹的领誓下，集中开展了"重温入党誓词"宣誓活动。"我志愿加入中国共产党，拥护党的纲领，遵守党的章程……"掷地有声的誓词在红军长征纪念碑碑园响起，全体党员仿佛看到了红军战士浴血奋战，爬雪山、过草地的情景。

掷地有声的誓词在红军长征纪念碑碑园响起，全体党员仿佛看到了
红军战士浴血奋战，爬雪山、过草地的情景

二十五、唐克访友

到了12月，各家医院的年终考核都结束了，我们联系了在唐克的三位秀洲区的挂友，约好了到唐克聚会。

唐克镇境内资源丰富，是中国三大名马之一——河曲马的故乡，有著名的九曲黄河第一湾旅游风景区，有优质的天然草场和高寒湿地。黄河一级支流白河流经唐克，于黄河第一湾处汇入黄河。唐克镇野生鸟类资源丰富，有黑颈鹤、大雁、野鸭等，还有鹰、雕、秃鹫、隼等猛禽。唐克还产不少野生中草药，如大黄、龙胆草、车前草、独一味等。

我们特地起了个早，上了面包车。这种车是红星镇的主要交通工具。我们上车后，陆陆续续又来了三位乘客，司机是个叫平措的中年男子。一路上比较顺利，大概一小时后，我们就到了县城。我们在春熙街下车，坐上另外一辆面包车。达扎寺镇到唐克镇总共六十多公里，路非常好，是今年刚刚铺设的柏油路。一路上牛羊成群，行人很少，不时可以碰到有牛羊从马路上穿过，在成群的牛羊后面，还跟着骑着马的牧民。又过了一小时，我们到了唐克镇，下了车，穿过马路就是卫生院，俞建已经在医院门口等我们了。

唐克的卫生院面积不大，和纳木中心卫生院差不多，由一幢门诊楼和两幢综合楼组成，医院附近是商铺，宿舍楼就在医院里面。走在唐克街头，看到镇上的居民基本上都穿着藏袍，特别是男人，双手抚在肚子上，垂下两条长长的袖子，踱着大方步，悠闲地溜达。在藏区生活了一段时间，我也见识了各式各样的藏袍。藏袍是一种非常实用的服装，不管是厚款还是薄款，都有长长的袖子。长袖功能很多：天冷的时候，双手就可以直接缩回袖子里取暖；天热的话，可以直接脱去两只袖子，把它当成腰带系在腰间，如此藏袍就成了裙子；有时候，女人们会将那长长的袖子挂在头上，当成遮阳的帽子，当然也可以挡风。藏袍还有很多小秘密，穿的时候将大领顶在头上，然后束紧腰带，打好襟结，将头伸出，使袍身自然垂落在胫膝之间，上衣胸前就会形成一个口袋，外出时，可将木碗、酥油盒、糌粑袋等随身物品放入袋内；睡觉时将藏袍脱下，可以当被子盖。

唐克街头茶室也较多，里面基本都是男人在喝茶聊天。听俞建说，唐克的男人喜欢喝酒，要是跟唐克男人喝酒，他们是一定不会放过你的，当然，他们也不会放过自己。另外，街上摩托车维修点很多，我在来的路上发现好多年轻的牧民骑摩托车放牧，街上不时有人骑着摩托车飞驰而过。

中午我们几个在医院门口的面馆吃了碗牛肉面，相互打量了一下，发现大家都黑了、瘦了。下午一点半，由唐克医院的小杨医生开车陪我们到了九曲黄河第一湾风景区游览。尽管风很大，但是天气晴朗，一眼望去，黄河之水犹如仙女的飘带自天边缓缓飘来，黄河美景一览无遗。山坡上是草原上著名的索克藏寺，这里是观看日出和日落的最佳位置。我们气喘吁吁地爬到了山顶，登高远眺，但见白河逶迤，直达天际，古寺白塔与黄河相伴，草原上有缕缕炊烟、骏马驰骋，更显自然之幽远博大。

晚上在谢永俊院长的盛情邀请下，我们一起吃了顿藏餐。这里盛产牦牛，牦牛肉就成了藏餐最重要的食材。上来的第一道菜是手抓牛肉，将带肋骨的鲜牛肉用刀割成条形，然后用斧头砍成小段，放入加水的锅中，加入盐、辣椒、花椒、生姜、蒜等，再加水煮至收完血水、鲜嫩可口时即成。将煮好的肉抓在手里，用刀子切上一块，再蘸上这里的一种叫作"辣椒面"的调料吃，味道非常可口。第二道菜是肉肠。肉肠也是用牛肉作为食材的，将牛肉加好了拌料灌进牛肠煮熟即可。吃肉肠时，必须一手抓起肉肠，一手拿刀割下，再蘸上蘸料吃，十分有嚼劲。第三道菜就是藏饼，也有人叫肉饼，当地人还叫它"藏族比萨"。饼不是很大，但馅料很足，是醇正的牦牛肉。饼一般会六等分，吃一份就已经够饱了。第四道菜是"和尚包"。"和尚包"面皮薄得发亮，透而不破，拿起来咬上一口，细腻的面皮和牛肉馅鲜嫩可口。吃藏餐一定离不开刀，取食物也不用筷子，而是直接用手去抓，一开始我还真有点不习惯。席间大家也聊起了医院的状况，由于政府的重视和公共卫生工作的进展，基层医院这几年在经济上已经非常宽裕，但是令人困惑的是，现在分配来的年轻人都不肯吃苦，连执业助理医师证书也考不出来，现有的医疗设备也很少使用。饭后，我们一起去看了医院的宿舍。虽然医院给来援川的几位挂友安排了新宿舍，但是这里的自来水只能用到下午两点，上厕所要跑很远的路，洗澡也只能到外面浴室去洗。

　　第二天下午，我们沿着白河散步。白河是黄河的分支，水面宽阔，波光粼粼，在与黄河的汇合处，水流变得湍急，水中好几个岛屿上红柳成行，不时有孤鹜飞过。

　　我和汤杰在唐克住了两个晚上。唐克共有两横一纵三条主要街道，路口都安装了红绿灯。唐克大街有一公里长，街两边都是商店和旅馆，据说在夏天旅游旺季时，这里一房难求。

二十六、小镇时光

如果不下雪，红星的天气还是很不错的，太阳出来之后就不是很冷，天特别的蓝。

工作日的中午会有两个小时的休息时间，没有急诊病人过来的话，可以小憩一会儿或者到街上走走。我在来若尔盖之前参加了一个叫"万步有约"的健身项目，要求每天走不少于一万步，刚开始还能做到，到后来就慢慢松懈了，基本上靠手摇计步器来完成。到了红星镇，因为在高原，我们也不敢进行剧烈运动，中午在大街上散步成了我们最喜欢的活动，运动量适中，人也不觉得累，关键是白天人多，也不怕流浪狗。

我们从医院大门口左转出发，往西走一百米左右，就到了塔哇村的村委会,路边有三排刚建好的度假木屋和一个停车场。冬天是旅游淡季,看不到来住宿的人。走到这里就是红星街的街尾了,我们沿着大街慢慢往东走,左手边沿街的店面是朝南的,所以店铺比较多,大部分是茶室,一家接着一家。有一家超市,商品种类丰富,价格公道,所以人气挺旺,我们经常来买桶装水和牛肉干。

除了居民步行来往外,街两旁停满了私家车。不时有老阿妈一边口念六字真言,一边在行进中磕长头。她们双手合十,高举过头,然后行一步;双手继续合十,移至面前,再行一步;双手合十移至胸前,迈第三步时,双手自胸前移开,向前平伸,掌心朝下,接着膝盖先着地,后全身伏地,额头轻叩地面。每伏身一次,以手划地为号,起身后前行到记号处再匍匐,如此周而复始。我偷偷关注过她们的表情,丝毫不见痛楚,只有平和。仁青在十五岁那年跟随父母磕长头到过拉萨。他说,如果碰到河流,须涉水、乘船而过,则先于岸边磕足河宽,再行过河。晚间休息后,隔日要从前一日磕止之处启程。他们虔诚之至,视千里如咫尺,令人感叹。

从西宁或者兰州到迭部的大巴和来自甘肃或青海的大货车常要经过红星镇,每天都有好几辆。事实上,红星街就是313省道的连接段,也是玛曲到迭部的必经之路。而红星镇就在213国道上,是四川的北大门,具有特殊的地理位置。在历史上,这里曾经是连接川、甘、青的茶马古道的一个重要的商贸驿站。茶马古道起源于唐宋时期的"茶马互市",盛于明清。因安多藏区属高寒地带,海拔大都在三四千米以上,糌粑、奶类、酥油、牛羊肉是藏民的主食。在高寒地区,人需要摄入热量高的脂肪,但没有蔬菜,糌粑又燥热,过多的脂肪在人体内不易分解,而茶叶既能够分解脂肪,又能解除燥热,故藏民在长期的生活中,养成了喝酥油茶的生活习惯,但藏区并不产茶。在中原地区,民间役使和军队征战都需要大量的骡马,可是常常供不应求,而高寒藏区盛产良驹。于是,汉区与高原藏区之间很自然地形成了具有互补性的茶与马的交易,俗称"茶马互市"。藏区特有的骡马、牛羊的皮毛、名贵中药材等特产和中原出产的茶叶、盐、布匹和日用器皿等,在横断山脉及青藏高原东南边缘地带的高山峡谷、辽阔草原、平川丘陵之间南来北往,且随着社会的发展,贸易日趋繁荣。茶马古道给各民族间搭起了一座互惠互利、传播文明、促进多元文化发展的友谊桥梁,不仅实现了贸易往来,而且促进了不同民族文明的进步,更实现了文化、思想、宗教的交流和大融合,孕育出了多彩的民族风情。

再往前走一会儿就到纳木中心卫生院了,医院大门已经修好了,看上去很气派。医院隔壁就是红星镇中心小学,不管是教学大楼还是操场都是近几年翻建的,非常大气。小学门口竖着一块大石头,上面刻着一个"源"字。每幢楼都起了个与源相关的名字,例如综合教学楼叫"探源楼",行政楼叫"思源楼"。紧挨着学校的是镇政府和纳木法庭，看上去却很简陋。我们沿海地区是小政府、大市场，在这里则是小政府、大教育。我们嘉兴来红星支教的贝会祥老师和缪建峰老师对此也深有体会。尊师重教在藏区深入人心，这里的家长信任学校、支持教师，家校关系融洽和谐，家长全权委托学校教育孩子，从不为孩子的一些小事而与学校纠缠。政府对孩子不仅免学杂费，住宿费和餐费也全额补助。教师的收入与沿海发达地区持平甚至略高，而且学校是提供教师宿舍的。政府还设立了教师奖励基金，不定时地组织捐赠，并为教师颁奖，当地寺院也会不定期为教师送福利。当然，老师们也非常辛苦，零下十几度的寒冬，要在教室里陪孩子们学习，在寒风中陪孩子们做操，写粉笔字的手都是僵的。

左侧半山腰，康萨寺巍然屹立，寺院一年四季佛号长鸣，气势恢宏的寺院佛塔与俊俏飘逸的宣礼塔并立于小镇的蓝天下，不时有藏民去朝拜。然后是几家银行，以四川农信银行最为醒目，有十五米宽的门面，不时有人进进出出。这里看不到工厂，山上隐约可见墨绿色的松树，路两边新开了好多家旅馆，估计都是为明年夏天的游客准备的。

很快就到了大街的尽头，当走到纳木中学的门口时，我们不禁为学校的气势折服，大红色的廊柱雕龙绘凤，金色的屋顶熠熠生辉，大门上面挂满洁白的哈达。纳木中学是"草原上的孔夫子"罗让尼玛先生创办的，实行藏、汉、英三语教学，吸引了来自川、甘、青几省的学生前来求学。在德阳市委市政府的帮助下，纳木中学已经建起了新的教学楼。这幢楼是若尔盖县建县以来最大的单体建筑。通过修建综合大楼，学校的普通教室、各功能用房、教师办公室、图书阅览室等全部得到解决。仁青夺机的家就在镇上，我们在街上闲逛时常常碰到他，他和斗尕甲经常到纳木中学的操场上打篮球。

二十七、草原传说

　　每次去县城，穿过日尔郎山隧道后，眼前便会豁然开朗，那一望无垠的大草原，便是若尔盖的热尔大草原。

　　每次到了花湖边，我都会要求司机停下来。冬天的湖面已经结冰，但仍依稀可见位于草原腹地的花湖。花湖在藏语中意为块状向四周扩散的湖泊，犹如盛开在热尔大草原腹地的绚丽花朵。从医院同事发给我的视频中可以看到盛夏的花湖，满眼馥郁，一片芬芳，让人难辨究竟是湖还是花园。湖四周是无边无际的绿色草原，还有数百个大大小小蓝色的湖泊，好似颗颗璀璨的蓝宝石，在阳光下熠熠生辉。

　　藏地高原的湖泊，大多分布在壮阔的山脉中。静静地伫立在花湖边，耳畔只有风吹经幡的声音，这种自由的气息，让人刹那间忘了身在何处。藏区山峦纵横、湖泊众多，因此，神山、神湖崇拜是藏族群众自然崇拜的重要内容和形式。日尔郎山便是红星镇及周边地区藏族老百姓心目中的神山，花湖就是他们心目中的神湖。我的藏族同事仁青夺机每年都会来日尔郎山转山，在花湖边朝拜。

藏族是一个笃信佛教的民族，自古以来，这个憨厚而诚实的民族就与众多的野生动物一起生活在高原上。相传很久以前，大草原上有一名高僧，除了潜心修炼佛法，还给受伤的黑颈鹤疗伤，帮助黑颈鹤过冬。从那以后，每到春暖花开的季节，高僧的身旁都会有三四只形影不离的黑颈鹤翩翩起舞。后来，越来越多的黑颈鹤飞到这片大草原繁衍后代。在这片土地上，人与鹤已经建立起千百年不变的感情，每当看到鹤群起舞，这里的牧人就会高呼："德让嘎玛让，琼拉雅！琼拉雅！"意为"今天是个吉祥的日子，美丽的仙鹤翩翩起舞，会给我们带来吉祥与幸福"。

这里还流传着若盖朵部落的传说。据说，在几千年前，生活在热曲、墨曲河沿岸的若尔盖先人，一直过着无忧无虑的生活。夏日的草原五彩缤纷，悠远的蓝天连接着圣洁的雪山，草原像天空一样辽阔深远。遍地的野羊、野牛、野马既是他们的伙伴，又给他们提供了食物。每年的冬天，他们用柳条和牛粪做墙，干草做屋顶，狼狐的皮做衣裤。随着人口的增长，人们学会了驯养牛羊，开始了骑马放牧的生活，成为一个马背上的部落。后来，他们部落被居住在白河沿岸的部落洗劫一空，头人也受到重创，他的妻子产下一子后死去。他做出一个令族人震惊的决定：解散劫后余生的族人，让年轻的族人各自分散出走，将老弱病残和剩余的牛马托付给猎手扎西照顾，并规定所有族人的后代必须在姓名前加"若盖"二字，让族人记住他一出生就没了母亲的儿子若盖·益西达基。此后，若盖朵部落族人开始了背井离乡的流浪生活，头人则带着嗷嗷待哺的儿子浪迹天涯。

若盖·益西达基从小就学会了摔跤、打猎，在十二岁那年流浪到了青海，受到了一位云游高僧的加持。十八岁时，他已经长成了高大健壮的小伙子。他随着回族人的商队来到川、甘交界的崇尔，沿着白龙江向西穿过一片片原始森林，几乎每天都会遇到野兽和毒蛇，不知经历了多少艰辛，终于到达了热尔大草原。草原上一位叫若盖旺姆的姑娘，受活佛指点，随阿妈沿热曲、墨曲河岸一路磕着长头，来到热尔大草原。当时的热尔大草原湖水清澈、牛羊成群。若盖旺姆与阿妈挖了草皮垒成墙，作为挡风的屏障，用一些灌木的枝条和水甜茅铺在墙体上作为遮雨帘，就在热尔大草原上居住下来。后来，美丽善良的若盖旺姆等来了浪迹天涯归来的若盖·益西达基，他们在热尔大草原举行了婚礼，结为夫妻。繁衍生息在热尔大草原的大雁、天鹅、黑颈鹤为他俩唱起赞歌，牛、马、羊跳起了欢乐的锅庄。众生灵祝福他俩恩恩爱爱，白头偕老，希望这对新人带领部落族人在热尔大草原安居乐业，早日过上幸福美好的生活。

随后，他们共同重建了部落，并在格萨尔王的帮助下统一了白龙江源头流域之丛林和热曲以南的草地与林区，建立起若盖·岭嘎朵王国，并分封部落头人，且与格萨尔王达成平等互利、和睦共处的友好协议。格萨尔王还将若干匹战马托付给若盖·益西达基喂养。据说，如今居住在阿西乡（现阿西镇）上、下热尔的牧民就是当年给格萨尔王驯养战马的臣民之后代。

若盖·岭嘎朵王国的人们从此过上了和平、美好的生活。这个快乐的部落，在辽阔无垠的热尔大草原跃马歌唱，繁衍生息。若盖·益西达基到了晚年，选择出家修行，这也为若尔盖地区后来形成寺院活佛兼任住持和土司的制度打下了基础。

二十八、冬至慰问

　　一大早，我就接到了两个电话。一个是我妈打过来的，她在电话里反复叮嘱："天气冷，要多穿点衣服。"另外一个电话是庞高峰打过来的："今天是冬至夜（冬至前一天晚上），麻烦你帮助联系一下在红星镇中心小学的两位老师，大家一起在高原小镇上过个冬至。"经他们提醒，我才发现快到冬至了。冬至，是一年里白昼最短、夜晚最长的一天。早在两千多年前的春秋时期，中国人就已经用土圭观测日影，测定了冬至，它是二十四节气中最早确定的一个。

　　在嘉兴，我从小就听老人讲："冬前冬后，冻死老狗。"一年里，最寒冷的阶段就从冬至开始。当然，处在雪域高原上的若尔盖的冬季，开始得比平原地区早多了。养着牛马的牧民，从冬至开始，就要给所有的牲畜披上御寒的毯子了。

过冬至节的习俗源于汉代，盛于唐宋，流传至今。《清嘉录》中甚至有"冬至大如年"之说。这表明古人对冬至十分重视。汉朝以冬至为"冬节"，官府举行的祝贺仪式称为"贺冬"，这一天例行放假。《后汉书》中有这样的记载："冬至前后，君子安身静体，百官绝事，不听政，择吉辰而后省事。"所以这天，朝廷上下要放假休息，军队待命，边塞闭关，商店停业，亲朋以美食互赠，相互拜访，欢乐地过一个"安身静体"的节日。在中国北方，冬至有吃饺子的风俗，而南方则是吃汤圆。曾较为时兴的"冬至亚岁宴"上的名目也很多，如吃冬至肉、献冬至盘、供冬至团、馄饨拜冬等。

我从通讯录上找到了在红星镇中心小学支教的贝会祥老师和缪建峰老师的联系方式，他们两位在嘉兴都是名师。他乡遇故知，在若尔盖红星镇能够碰到嘉兴来的老乡，也是件开心的事。走在大街上，寒风瑟瑟，气温也比往日低了许多。街上来来往往的人无一不是身穿藏袍或羽绒服，手揣在衣兜里，也许是因为天气寒冷，他们走路的速度也比往日里快了许多。人到齐后，我们选了塔哇村拉卜楞央宗自助火锅店吃饭，这里热气腾腾，食客满座，看来很多藏族居民也来过冬至夜了。若尔盖藏绵羊肉质鲜嫩、无膻味，我们特地点了不少羊肉，羊肉性温，吃羊肉既能御风寒，又可补身体。羊肉最适合在这寒冷的冬季里食用，算是这一时令的最佳补品了吧。大家非常放松，酒喝得很尽兴，喝着喝着，大家都敞开了心扉，无话不说，不知不觉成了好朋友。听说明天他们要走访贫困学生，我和汤杰也要求参加，希望能够看到藏族老百姓真正的生活。

第二天就是冬至了，我们上午八点起床时，天还没有完全亮。吃早饭时，我特地问朗么阿妈："藏区有没有过冬至的习惯？"她告诉我们："在大部分藏区，这个节是不过的，但若尔盖是个多民族聚居的县，受到汉族居民的影响，虽然不会很正式地过节，但是有一些藏族家庭会在冬至这一天特地煮些牛羊肉吃。过节嘛，图个高兴，不分民族！"

我们走出医院，右转，往前走几步，就到了学校门口。藏族的小学从今天起就放假了，学校门口停满了汽车，还有几辆摩托车。年纪大一些的老阿妈就坐在学校对面的商店门口等她们的孙子或者孙女出来。她们右手转着经筒，左手捏着佛珠，口中不停地念着经文。学生们还在操场上列队，虽然寒风瑟瑟，学生们却始终保持着整齐的队形，等老师"解散"的口令一下，孩子们就欢呼雀跃地冲出了校门。不一会儿，校门口又冷清了。

大概过了十分钟，贝老师和缪老师就出来了，学校已经准备了一辆面包车，可以坐七个人，由曲章老师做向导，泽郎老师做翻译，加上司机，一车刚好载满。走访的名单昨天缪老师已经拟好了，第一站是到扎窝村。汽车出了红星镇，就开到了乡村公路上，虽然是水泥路，但是道路狭窄，两辆车交会时，一辆不得不停下来，等另一辆先通过。当真正进入自然村时，车就开始颠簸了。我们沿着泥地开了近十分钟，就到了学生纳么措的家。我们下了车，把学校准备的米和油拿了进去。这是一所刚刚修好的毛坯平房，面积不到三十平方米，被一个墙圈围着，墙角堆满了晒干的牛粪，排列得很整齐，看得出来，纳么措的妈妈是个勤俭持家的女人。纳么措今年十二岁，读小学四年级，成绩在班里一直名列前茅，她妈妈看上去也不过三十出头一点。我们到了屋子里面，就发现了她家的寒酸和窘迫——家里没有一样像样的家具，边屋充作客厅，里面供着活佛的像，另外两间就放着两张床。小女孩的父亲已经去世了，剩下母女俩相依为命，妈妈是女儿的全部，女儿是妈妈的唯一。她妈妈一早就在家做了准备，给我们沏上了酥油茶，端上了牛羊肉。平时纳么措上学由舅舅接送，如果走路的话，起码要半个小时才能到校。当纳么措给我们献上圣洁的哈达，眼含热泪哽咽着说"谢谢老师"时，我百感交集，心里沉甸甸的。

第二站是河它村，到一名叫扎西的学生家。我们来之前，缪老师就接触过孩子的外公了。他刚刚来到学校时，因为看孩子一身的破衣服，实在冷，就买了一个书包和一件羽绒服送给扎西，扎西的外公专程到学校来感谢过他。我们问了好几个牧民才找到扎西的家，一接近，就有一条藏獒把我们挡在门外，幸亏驾驶员对当地情况很

当纳么措给我们献上圣洁的哈达，眼含热泪哽咽着说"谢谢老师"时，
我百感交集，心里沉甸甸的

熟悉，大声叫了几分钟，一个三十多岁的胡子拉碴的男子才走了出来。我们说明了来意，他赶开藏獒，让我们进了屋子。扎西的家里乱七八糟，房子已经破旧不堪，但扎西并不在，仔细一问才知道，原来扎西跟着他妈妈回到外公家去住了。这个男子是扎西的父亲，右手残疾。扎西的两个弟弟还小，他们穿着开裆裤在草地上跑来跑去。我们放下了慰问品，和扎西的父亲聊了一会儿，就继续赶路了。

　　这天，我们用近四个小时的时间走访了八个困难学生的家庭，深入了解了他们的真实生活。他们大多住的是土坯房，房子里面也没有什么像样的家具，有些上学的孩子大冬天穿的鞋子都破了洞，露出了脚趾头。这也是我第一次近距离地接触到困难群众，他们的生活真的太不容易了。牧区的小路很难走，车子一路颠簸，有时还有藏獒一路狂追。我不敢说辛苦，因为与真正艰辛的生活相比，我们的辛苦根本微不足道。在牧区的家庭，如果没有养牛羊，没有家人外出打工，就没什么经济来源，特别是有些家庭孩子生得多，家里再有人得重病或者意外死亡，就会不可避免地陷入贫困。好在近几年在国家精准扶贫政策的帮助下，他们都获得了一定的补助和扶持，生活也有了不小的盼头。

二十九、安多人家

仁青夺机的父母听说我们很快就要回嘉兴了，特地邀请我和汤杰过去做客。

我们已经和仁青相处了快三个月，彼此很熟悉了，就没推辞，下午下了班，路过学校时把贝老师和缪老师叫上，大家一起过去。仁青家就在镇上，对面就是镇邮政所，我们拿邮件时经常路过。大街上，已经放寒假的孩子们你追我赶，还有一些小孩子在四川农信银行门口的大理石地面上打弹珠，浑身都是泥。

仁青家的房子比较宽敞，是临街的三层楼房，前面开店，后面住人，还有一块草地。他家的客厅里像大多数本地居民一样供着活佛，点着酥油灯，电视机里正放着藏语版电视剧《琅琊榜》。藏区根据方言的不同，分为卫藏、康巴和安多三域，且有"法域卫藏、马域安多、人域康巴"的说法。若尔盖属于安多藏区，这里的语言也就属于安多藏语。安多藏区多出文化名人，比如藏传佛教格鲁派的创立者宗喀巴大师、启蒙思想家根敦群培等。

　　仁青的妈妈看上去还很年轻，一问年龄，得知她今年才四十二岁，是从甘肃碌曲嫁到红星的，她把家里整理得井井有条。我们来藏族家庭做客，就入乡随俗吃藏餐。对一个四口之家来说，这座房子并不算小，但我们这一行人都走了进去，就显得有些狭窄，转不开身了。大家一边参观，一边询问，仁青的妈妈非常耐心地讲解。仁青大学毕业已经参加工作，仁青的妹妹在县里的藏文中学读高中，仁青的弟弟则在康萨寺出家，非常懂事，仁青的妈妈还拿出手机给我们看照片。她告诉我们，平时他们是不能随便去庙里看儿子的，只有祈愿大法会期间，寺里才允许亲友来探访。我以前对出家还不太了解，到了藏区后才知道，在藏区，出家也是有一些门槛的，一个人要选择出家，想在寺院受戒，除了五官端正、身体无残疾之外，寺院对其家庭情况也有要求。进入寺院的僧人在社会地位上会有提升，不管到哪里，大家都很尊重他们。很多藏区的家庭子女众多，负担过重，他们会选择将家里最聪明的孩子送去寺院修行。这样一来，整个寺院的研修氛围便很热烈，这也是很多寺院高僧云集、大德辈出的原因。

　　仁青的爸爸面色红润，看上去也不过四十来岁，当看到炉灶里火小了时，他就会走到灶前，添加煤块，添完了煤就走到旁边，一声不响地站着。在牧民家里，一般不用床铺和椅凳，也没有餐桌，大家都盘坐在方框式的床榻上，上面铺着毡褥。家具主要有藏柜和藏桌，藏柜上面摆放着佛龛，供奉着藏香。我们正准备脱了鞋坐上床榻，仁青的爸爸却坚持让我们穿着鞋坐上去。我们坐下来后，按照安多藏区的规矩，要先上酥油茶，至少要喝三碗，如谢绝则为失礼。藏桌上已经放着一盘糌粑，这是藏族人的主食。我口味比较重，每回抓糌粑，都要加上几勺白砂糖。牧区以肉食为主，今天吃的还是手抓牛羊肉和血肠，用藏刀切片吃，味道醇正可口。一群人围坐在电灯下面，大口喝着酥油茶，吃着手抓牛羊肉，确实是十足的藏区风情。

　　因为仁青家的房子还是新建的，所以我们问起了在藏区建房子的事。仁青告诉我们，在藏区建房很麻烦，首先要有自己的土地，然后要请喇嘛选择位置和住宅的朝向。建新居的时候非常热闹，各家各户都来帮着挑土背石，以示庆贺。新居建起来以后，当年不能粉刷彩色油漆，要先请喇嘛来念佛经，把彩色谷粒撒到各个房间，隔年才可以彩饰，不然会被认为不吉利。如果新建好的房子能够请到高僧、活佛驻足或开光，就更吉祥如意了。

　　打开了话匣子后，我们才发现仁青的爸爸非常健谈。他告诉我们，在搬到镇上开店之前，他们家有四十多头牦牛、八十多只藏绵羊。

每天早上，他要很早起床去挤奶，拿新鲜奶去做酥油、酸奶、奶渣子，或者打奶茶。酥油和奶渣子可以和糌粑一起吃，这样会更加香甜。对于藏区的老百姓来说，牦牛不仅是家庭的主要财产，更关乎衣、食、住、行、运、烧、耕。藏族有句谚语："没有牦牛就没有藏族。"只要在藏区，就有牦牛的身影，它们白天到山坡上吃草，天黑的时候被赶回圈里。日出而作，日落而息，虽然生活简朴，但很快乐。仁青的妈妈就一直在边上听我们聊天，不时地给我们倒茶。

仁青夺机今年二十四岁，如果不读大学，早该结婚了。于是，我们就谈起藏族青年是怎样谈恋爱和结婚的。在藏区，恋爱婚姻自由而不自主。青年男女通过节庆、集社、劳动等结识相恋、互换信物，然后征求双方父母意见，若双方父母满意，即正式提亲。当然，有些家境富裕、有身份地位的家庭，还是挺讲究门当户对的。举行婚礼通常需要两天，婚礼上要念吉祥经，然后举行新人同饮结亲誓酒、颂"雪玛儿"、歌赞、对歌等仪式与活动，直到深夜。

三十、松潘送别

　　过了元旦，学生的期末成绩已经出来，学校开始放假了，来支教的老师从县委组织部门了解到，近期可以回家了。于是我们商议先到松潘聚一下，一来是想看看这个曾经是茶马古道重要驿站的小城，二来也是想游一下黄龙和牟尼沟，当然，最重要的是为几位老师送行。

　　我们一起从若尔盖县城出发，一路上大家都特别放松。车开了大约两个小时，就到了黄龙。天空一如既往地蓝，晴空万里，偶尔有几片云飘过。景区门口横放着一块巨大的黑石，上面刻着"黄龙奇观"四个大字。黄龙沟背倚终年积雪的岷山主峰雪宝顶，面临碧澄澄的涪江，是一条缓坡沟谷。沟内布满乳黄色的岩石，远望好似蜿蜒于密林幽谷中的黄龙，沟名即来源于此。明朝时在此修建了黄龙寺,用以奉祀黄龙。黄龙沟在当地为各族民众所尊崇,藏民称之为"东日·瑟尔峻",意为东方的海螺山(指雪宝项)、金色的海子(指黄龙沟),这里一年一度举办盛况煊赫、吸引西北各省区各族民众参加的转山庙会。

沿着栈道行走,大概三百米就是迎宾池,因为现在是冬天,大部分池面都结了冰,如果在夏天,可以看到大小不等的三百多个水池,在阳光的照射下,呈现出缤纷的色彩。现在,飞瀑变成了五彩冰柱,只有少量的水在冰下流淌。金沙铺地也变成了冰雪满地。我们纷纷站在雪上拍照留念。最为壮观的是洗身洞瀑布,瀑布本来有十米宽、两米高,里面还有一个一米多宽的洞,现在直接成了冰柱,直径足足有六十厘米。走到这里,肚子也饿了,因为事先知道黄龙景区里没有饭店开放,所以我们自己带了一些食物,我还特地买了一盒能够自发热的方便面。等我吃完,汤杰和缪建峰他们已经走远了,我只好和后面来的南湖区的欧阳老师、郭老师一起走。到了幽曲桥,天上突然飘过几片彩云,阳光把池水和蓝天、白云连在了一起,有一种天地合一的感觉。

走过争艳池、接仙桥,我意外发现一块石碑,上面刻着一首诗:"远望碧湖玉堤斜,层层叠叠上仙家。绿树鸣禽啼不住,杜鹃枝头满山花。"杜鹃花又称映山红,是中国十大名花之一,松潘当地人称它为"娑罗花"或"羊角花"。黄龙景区内气候湿润,温度宜人,适宜杜鹃花生长，有成片的野生杜鹃林，杜鹃种类丰富多样。可惜现在是冬天，看不到杜鹃花盛开的景象。经过三个小时的跋涉，我们终于到了五彩池。今天风和日丽，五彩池显得安静、柔和。从半山腰往下拍，美景摄人心魄，大自然的鬼斧神工不得不让人惊叹。

游完黄龙已经是下午四点了，我们乘车到了松潘县城。走进松潘县城，就可以看见高大宏伟的城门城墙，均保存完好。松潘古名松州，是四川省历史文化名城，也是历史上有名的边陲重镇，被称作"川西门户"，古为用兵之地，故自汉唐以来，此处均设关尉，屯有重兵。松州城是历代兵家必争的边陲军事重镇，也是汉族与少数民族进行茶马互市的商贸集散地。松潘古城墙始建于明朝，当时所用的青砖长五十厘米、厚十二厘米，每块砖重达三十公斤，所用的灰浆由糯米、石灰加桐油熬成，因此城墙异常坚固。松潘古城墙高十米、宽三十米、长六千二百米，是中国首屈一指的古城墙遗址。一条湍急而清澈的河流从松潘古城的东端穿过环城路向西流，在经过中央大街后，转往南流，从南城门左侧流出松潘古城，使得整座松潘古城活泼生动起来。在漫长的历史中，这里的藏、羌、回、汉族群众与古城一道历经了无数的战乱兴衰，古城墙记录着风云变幻的时空，体现了这里的人民深沉豪迈的性格。

晚上睡在澜庭客栈，在客栈边上，有一家叫老兵大排档的饭店，做的菜都是川菜，微辣，菜单上还有酸菜黑鱼，对于在若尔盖两个多月没有吃鱼的我们来说，简直是太高兴了。在唐克支教的徐云龙老师还特地带来了青稞酒，为马上要回去的老师们送行。虽然相聚的时光短暂，但是大家都依依不舍，酒一杯接一杯喝，借着酒劲畅所欲言。我因为连续几天都有喝酒，想控制一点，一开始就喝饮料，这里的沙棘饮品口感也很不错，但是哪里挡得住大家的劝，一旦开喝，三杯下肚，酒后那种飘飘然的感觉也就上来了。

第二天上午我们去了牟尼沟。走进景区大门，沿着栈道往上走，很快就到了益寿泉，泉水从山崖的缝隙里汩汩流出，清澈翠绿。据说泉水含有丰富的矿物质，能美容益寿。再往上走就看到了佛扇瀑，瀑布开阔，像展开的巨大佛扇。顺着栈道继续前行，越来越多隐藏在森林中的钙化滩浮现在眼前。栈道走到尽头，就是扎嘎大瀑布，水流从百米高的山崖上飞溅而下，跌落在一级级的石级上，溪水中富含的碳酸钙、碳酸镁沉积物遗留了一部分，被包覆在悬崖绝壁的山石上，形成了独特的立体钙化景观。远远望去，整个瀑布似一条白色的哈达，气势宏伟，震撼人心。

下午一回到若尔盖县城，老师们就接到通知，明天一早出发回嘉兴。而我们医疗队则要到月底才能回，具体时间另行通知。

三十一、珍贵礼物

　　我们到若尔盖已经整整三个月，组织部的通知也已经来了，让我们准备一下，近期离开。

　　我刚刚整理好行李，正在发愁两双保暖鞋怎么带回家时，仁青就打电话过来了："山老师，你在哪里？有人找你看病。"

　　"我在宿舍，正在整理行李呢，马上过来。"我说。

　　我气喘吁吁地跑到诊室，看到一位胖胖的藏族老大爷在椅子上坐着，原来是老熟人泽郎多杰。我记得清清楚楚，他初次来医院看病时，我才到红星上班三天。他是个高血压患者，就住在康萨村，身高一米七，体重达一百多公斤，腰围实在太大了，裤子都无法提到腰上。才走到诊室门口，他就已经气喘吁吁，好像哮喘发作，我请他先在凳子上坐下来,他的气才慢慢平缓下来。他以前一直吃硝苯地平,两只小腿和脚都有点浮肿。肺部听诊也没听到干湿啰音,心功能还不是太差。我又给他测了下餐后血糖,血糖正常。在高原,不少老年人都患有不同程度的高原性心脏病,所以如果血压没控制好的话,很容易出现心功能不全。考虑到吃硝苯地平会引起浮肿,我就给他改配了缬沙坦加氢氯噻嗪,可以改善心功能,对治疗浮肿也有好处。我反复嘱咐他,平常必须吃得清淡一点,一个星期之后来医院复诊。另外,饭也要少吃点,把体重减下来,对血压和心功能恢复都有好处。

他非常听我的话,一个星期之后准时过来复诊,他爱人也陪着他来。经过一个星期的治疗,果然脚不肿了,气喘也好多了,复查血压,收缩压138毫米汞柱,舒张压80毫米汞柱,已经恢复正常。他回去前,紧握着我的手,不停地说:"让坦(谢谢)。"此后,他每两个星期就来医院找我一次,我按照规范给他量血压、配药,然后让何德刚进行慢性病管理登记。

一回生,两回熟,慢慢地,我就对他熟悉了。他年轻时是个村干部,还是一位银匠,所以能够讲普通话。别看他胖,他的手艺却十分不错,现在家里还开着银饰店。他是家族第八代传人,现在他儿子接了他的班,家里的主要事务由他儿子在打理。

安多藏区的首饰,分头饰、耳饰、领饰、发辫饰、胸饰、手饰等。有一次我在街上逛,正好被他看到,他热情地招呼我到他店里坐一下。我在他家店里看到的头饰有贺泽、恋尕，耳饰有娜鲁，领饰有云五，发辫饰有尼度兹，胸饰有壳胡、项兹壶，手饰有德欧、泽喜，等等；还有一把把精美的藏刀。这些首饰都是纯手工打制的，要先用火把金银板加热，再砸花、包金、錾花，还要做各种边丝，最后进行镶珠，然后在热水中煮沸洗涤，确保颜色明亮。但据他说，因为工艺极其复杂，现在的年轻人已经不肯一辈子在家捶、打、焊、烧、煮、洗了。仁青也告诉我，如今，藏区生活条件好了，农牧民经济宽裕了，用黄金打首饰的越来越多了。

这次我给他配了一个月的高血压药，还和他聊起了我和汤杰这两天要回嘉兴的事。

"大伯，您今天有什么不舒服吗？"我问。泽郎能听懂普通话，不用仁青翻译。

"挺好的，就是来看看你，想送送你，"他说着，哆哆嗦嗦地拿出了一个小盒子，里面是两只精致的银碗，"这是我自己打造的手工艺品，谈不上珍贵，请两位老师收下，作为来我们红星镇的纪念品吧。"

"大爷，我们不能收礼物的。"我一下子不知所措。

"山老师啊，请您一定要接受我的心意，这是我们藏区老百姓的一点小小心意，不会让你为难的。"

这时仁青也劝我收下，我只好把这份礼物、这片心意收下了，此时，我觉得眼眶和鼻子酸酸的。

　　送走了泽郎，医院的工友老姚来配药了。他全名姚方友，七十一岁，汉族，都江堰人，皮肤已经被阳光晒得黝黑，背也弓了。他以前是做泥水匠的，是来这里修房子，然后入赘到这里的。在藏区，媳妇和上门女婿是平等的，结婚仪式也是一样的，不过老姚说，以前哪里讲究什么结婚仪式，两个人在一起，亲戚好友来聚一下吃顿藏餐，就算正式结婚了。一开始他也不习惯这里的气候和风俗习惯，但是既然在这里成家立业了，就要坚持下来。他夫人叫玛吉姐，是土生土长的红星藏族人。年轻的时候，他在外面做泥水匠，玛吉姐负责放牧，家里养了六十多头牦牛，尽管很辛苦，但是日子还是过得不错的。随着年龄慢慢增长，一双儿女也大了，所以他夫人也不再放牧了，就在医院里帮忙做一些勤杂事务。后来玛吉姐得了糖尿病，眼睛也不太好，还得过脑中风，所以左侧的手脚不太方便，去年在成都做了白内障手术，结果视力还是不太理想。虽然工资不高，但他们也可以养活自己，他们不想给子女添麻烦。

　　他听说我们要回去了，每天都到我们办公室和我们聊聊家常，还推荐我们到他的老家都江堰游玩。食堂的朗么阿妈则每天换着花样给我们做可口的饭菜，让我们感到温暖。

三十二、风雪归程

　　红星的雪已经接连下了三天了。寒风凛冽，大风大雪的天气又在热尔大草原上上演，狂风裹挟着雪花漫天飞舞，所见之处都是白茫茫一片。今天是我们定好的出发日，行李我们已经收拾好了。吃早饭时我问仁青："雪太大了，有没有熟悉的司机方便送送我们？"

　　他打了几个电话，结果几个司机都没空。

　　"怎么办，难道我们回不去了？"汤杰开始焦急了。

　　"就在这里过年吧。"扎西旺修和我们开起了玩笑。

　　"放心吧，现在雪已经慢慢停了。只要天气放晴，下午就可以出发，"索朗特多安慰我们，"我来帮你们联系一下。"

　　还好，总算联系到了司机，如果不继续下大雪，下午就能出发。

我们一直盯着天空，眼巴巴地等着出太阳。天气十分寒冷，跑长途的货车司机都在镇上停了下来。由于长时间在外跑业务，有的驾驶员冻红了脸，有的甚至冻伤了耳朵。

我们在微信上问了唐克的几位同事，他们那边雪下得小，所以上午已经出发了，路上积雪不是很厚。下午两点，太阳终于出来了，一辆面包车到了医院门口。室外温度低至零下十五摄氏度，由于路面结冰，我们只能慢慢开。过了日尔郎山隧道，路面积雪少一点了。平时一个小时的车程，今天开了两个小时才到达，司机师傅也是紧张得出了一身汗。我们俩到达集合点时，唐克的三位已经先到了，晚上我们在商业街上的一家川味饭店吃了顿饭，便睡觉了。

第二天一大早大家就起床了。走出宾馆，才发现天气依然寒冷，路面上也已经结满了冰。我们是集体乘公交车出发的，沿213国道慢吞吞地开，到了尕里台草原，因为路面结冰，有货车侧翻了，交警正在处理，我们足足等了半个小时才通过。过了尕里台草原，就进入了岷山峡谷的山路。车一直沿着岷江往松潘县县城开，气温渐渐回升，路面上已经没有积雪了。

随着汽车朝东南方向开，广袤的大草原已越来越远。回想三个月前，我们嘉兴市秀洲区对口支援若尔盖的一行十六人和南湖区的援川同事从上海出发，历经两千六百多公里的奔波，终于到达对口支援地——阿坝藏族羌族自治州若尔盖县，踏上了西南这片辽阔而神奇的土地。面对援川的考验，如今我们以朴素的情怀、平凡的坚守交出了一份喜人的答卷。与嘉兴相比，若尔盖的医疗条件和技术确实较差，我们秀洲区援川的六名医生分布在若尔盖县人民医院和唐克镇卫生院、红星镇纳木中心卫生院，肩负着"医生"和"师傅"的双重责任。徐丽菊是秀洲区妇幼保健院的妇产科医生，刚到若尔盖便一头扎进了忙碌的工作中。针对若尔盖县人民医院妇产科诊疗不规范、人才梯度不合理、手术指征把握不严格的问题，她逐个纠正，并组织同事们开展业务学习，学习新技术和新项目。俞建和沈林华、王琴到了唐克镇卫生院，帮助他们开展超声检查和放射检查，指导护士进行预防接种；我和汤杰在红星镇纳木中心卫生院，针对年轻医生开展外科小手术、慢性病规范化诊治、心肺复苏培训。除了诊疗外，我们还有一项非常重要的任务就是把我们的技术、我们的服务理念留在若尔盖。我们在藏区工作的同时，嘉兴月河历史街区的"诗画若尔盖藏文化体验馆"迎来了首批顾客。这家体验馆不仅是若尔盖县农特产品的线下展示点，更是一座架在若尔盖县和江浙沪间的文化桥梁。体验馆的建立，将若尔盖县的农特产品带到江南，以此带动产业扶贫，为若尔盖县的贫困户增收。另外，秀洲—若尔盖东西部扶贫协作"飞地"园区奠基仪式也在秀洲经济开发区隆重举行。

大巴车一路沿岷江经过松潘到达茂县，途中我发现陡峭的岩壁上还保留了一段古道，岩壁间有的地方稍加开凿，有的地方是用木棒及石块堆砌的，十分惊险。有一段路是盘山公路，道路两边陡峭的岩壁上长着红叶，岩壁中有一些白色的石块夹杂，并形成蜿蜒的形态。这一段路非常危险，汽车就从陡峭且十分不稳定的岩壁下通过。路旁有大量的滑坡体，公路两侧布满了石块。这里曾经发生过地震，当时半座石山顷刻间垮塌下来，掩埋了三十六户人家。垮塌下来的石头数量巨大，根本没有办法搬走。现在，部分山顶已经被白雪覆盖，像绕着一条白花花的带子。大巴车在狭窄、弯曲且坡度较大的山路上行驶，风在窗外呼呼作响，大家都把羽绒服扣紧并把帽子戴好，转弯时眼睛都不敢睁开。王琴和沈林华因为晕车，一路上呕吐不止，车窗又不能打开，车里面充满了酸臭味。

过了茂县进入汶川已经是下午了，我们下车透气，在一家小饭店吃过中饭，又继续出发。2008年5月12日，汶川发生了八级地震，大地颤抖，山河移位，这是1949年以来我国发生的破坏性最强、波及范围最广的一次地震。沿路到处都是灾难遗址，震中牛眠沟的百花大桥，在地震中被大自然的力量扭成麻花状，如今渐渐被泥石流以及河床掩盖。映秀通往汶川县县城的老路上，仍可见到一些地震时被损毁的民房。

继续往南行进，就进入了都江堰市，这里完全看不到雪，气温在十摄氏度左右，我们在都江堰休整了一天。都江堰具有二千多年的建城史，是一座因堰而起、因水而兴的城市。秦昭王时，蜀郡郡守李冰识察水脉，因地制宜，因势利导，在前人治水的基础上制定了"深淘滩、低作堰""遇湾截角、逢正抽心"的治水方针，基本完成了都江堰排灌工程，使成都平原沃野千里，号为"陆海"，成为"天府之国"。在都江堰，我们参观了这个著名的水利工程。

　　我们在都江堰待了一天后，又在成都逗留了一天，逛了宽窄巷子，吃了蜀味火锅，领略了玉林路的酒吧，然后乘飞机到达上海。随着G1637次高铁慢慢驶进嘉兴南站，我们回到了分别三个月的家乡。

后　记

不知不觉，从若尔盖回到嘉兴也快三年了。因为是内科医生，我近来一直在抗击新冠肺炎疫情的一线忙碌。

人已经回来了，心却还牵挂着若尔盖。就在不久前，若尔盖县发生了地震，我紧张得好几天心惊肉跳，睡不好觉。那里有我曾经一起工作过的藏族同事和朋友，还有曾一起援川的嘉兴、德阳两地的"挂友"。特别是我的老同学许建忠，眼下他已经是第三次援川、第二次援若尔盖了。

回想刚刚到若尔盖时的情景，就像昨天发生的一样。"中国最美的高寒湿地草原，若诗若画若尔盖。"这句话形象地描述了川西北高原的地理地貌。若尔盖平均海拔三千五百米以上，空气稀薄，气候寒冷，极度干燥。我们秀洲区援川医疗队是2018年11月3日到达若尔盖县达扎寺镇的，当天，我就发生了高原反应。第二天，根据工作需要，我和新塍医院的汤杰医生被安排到位于四川与青海、甘肃交界处的红星镇纳木中心卫生院。

由于客观原因，纳木中心卫生院医疗业务发展不平衡，藏医的医疗技术比西医强，老百姓对西医接受度还不高。在走访牧区的贫困家庭时，我更是深刻体会到精准扶贫、全面建成小康社会的必要性。我尝试着用文字记录下在若尔盖工作的点点滴滴，这是我人生中极为重要的一段经历。在若尔盖的风雪中，我更进一步认识到了医生这个职业的意义。

从若尔盖回到嘉兴以后，我们的工作得到了地方党委和政府的肯定，特别是主管部门秀洲区卫健局，对我们援川医疗队特别地关心。我们的事迹被《浙江工人日报》报道，在若尔盖的一些经历也在《嘉兴日报》以及"读嘉"新闻APP上发表。当然，我更得感谢我的爱人，因为有了她的全身心支持，我才能安心工作。

我一直与红星镇纳木中心卫生院的藏族同事保持联系。他们在临床诊疗过程中遇上困难时，我们就会通过网络和他们会诊，为患者制定合理的治疗方案。需要说明的是，为保护患者隐私，书中涉及的患者姓名均为化名。

"秀水泱泱，红船依旧；时代变迁，精神永恒。"作为来自党的诞生地嘉兴的一名共产党员，我始终牢记红船精神，不忘初心、牢记使命，为东西部对口支援和扶贫事业奉献自己的力量！

山惠明

2021年于嘉兴